流《る》　警《けい》

新生美術館ジャック

松嶋智左

集英社文庫

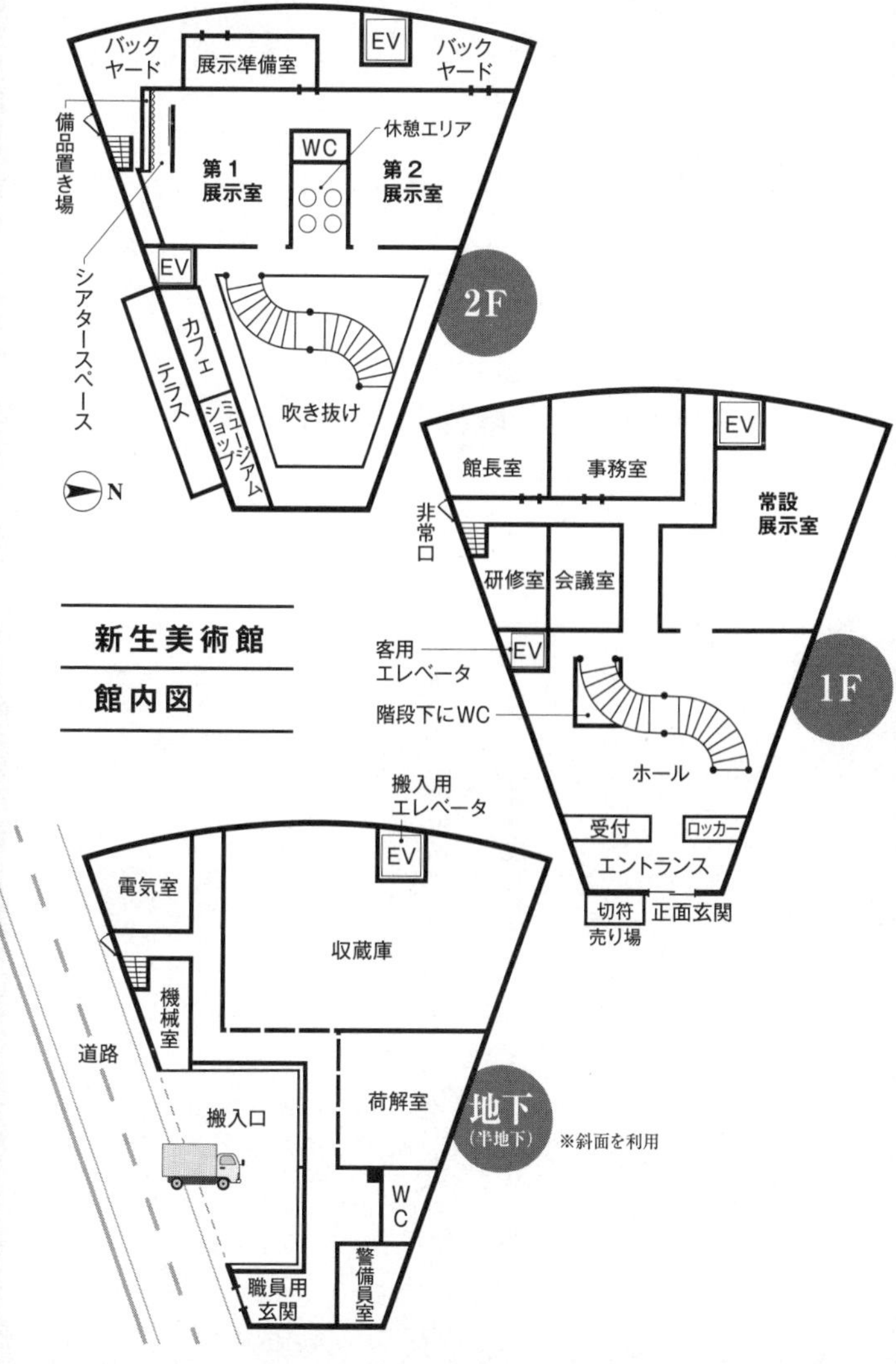

新生美術館
館内図
2F
バックヤード
展示準備室
EV
バックヤード
備品置き場
休憩エリア
WC
第1展示室
第2展示室
シアタースペース
EV
カフェ
テラス
ミュージアムショップ
吹き抜け
N
1F
館長室
事務室
EV
常設展示室
非常口
研修室
会議室
客用エレベータ
EV
階段下にWC
ホール
受付
ロッカー
エントランス
切符売り場
正面玄関
地下（半地下）
※斜面を利用
搬入用エレベータ
EV
電気室
収蔵庫
機械室
道路
搬入口
荷解室
WC
警備員室
職員用玄関

本書は、集英社文庫のために書き下ろされた作品です。
本文デザイン／今井秀之

流《る》警《けい》　新生美術館ジャック

【午前10時48分・県立美術館前広場】

赤、青、黄、色とりどりの風船が雲ひとつない空に浮かんでいる。

凪《な》いだ海のように広がる緑の芝の上にはテントが四張り。そのうちの小さな三張りは、地元在住のボランティアによるフードブースやワークショップで、今日一日限りで設置された。

残る一張りのテントはひときわ大きく、広場の中央に設置されていてパイプ椅子が整然と並ぶ。支柱の脇では、県と市の公式キャラクターの着ぐるみがそれぞれ風船を持って、やってきた子ども達に配っていた。

春の風がそよと吹き寄せる。

ゴールデンウィークを前にした四月十三日土曜日。桜は終わったけれど、エゴノキやハナミズキが等間隔に植えられていて、これからが見ごろとなる。気持ちのいい季節だ。

式典に招待された関係者及び一般客は笑顔で、時折、青い空を背に立つ建物を眺めながら時間がくるのを待っていた。

県の北部にある鈴岡《すずおか》市。市内にある小高い山の中腹では、総合アミューズメント施設『フェリーチェパーク』が、五月のオープンを控え、建設の大詰めを迎えようとしていた。園内にはプール併設のスポーツエリア、キャラクターパーク、プラネタリウムなどの開設が予定されている。

更には今回、県立美術館が新たにこの場所に移設、新築されることになり、他の施設に先駆け、『新生美術館』として四月に竣工《しゅんこう》となった。

建築界の重鎮といわれる鳥羽朔夫《とばさくお》の設計による美術館は、大地との一体化をコンセプトにし、壁面は薄い緑とこげ茶色をメインに床面もアースカラーで統一されている。敷地面積九千三百平方メートル、延べ床面積およそ一万三千平方メートル、地下一階と地上二階部分からなる公孫樹《いちょう》の葉を模した扇形の建物だ。葉元に当たる尖《とが》った部分がエントランス。屋根はオリーブグリーンのフッ素樹脂塗装鋼板。波型になっているのは、葉脈であり、そよぐ風を表す。

建物の裏側、扇形にカーブしている部分が山の斜面とほとんど接するほどになっているのは、自然との同化を目指したからだ。なおかつ外部からの侵入を困難とさせるためで防犯的にも優れていた。地下一階は斜面を利用した半地下となっており、道路から直接車が入れて、作品の搬入口として使いやすい構造となる。

向かって左側の二階部分には軽食やお茶を楽しめるカフェやミュージアムショップがあり、店内から南側に張り出したテラスに出られるようになっている。視界を遮るものが全くないから、テラスから県の中心である市街が一望の下に見渡せた。

正面玄関である二重扉のガラスが陽《ひ》の光を受けて輝く。その前に紅白のテープが横に張られ、テープカットの位置を示す花飾りが結ばれて一メートル間隔でポールが並ぶ。

開館式典は十一時開始予定。

中央テントでは来賓のほとんどが既に席に着いている。周辺では一般客が、騒いで走り回る子どもらと共に逍遥《しょうよう》している。式典が終われば、来賓らが館内を鑑賞して回る。プレオープンなので一部の展示スペースに限定し、まだカフェやショップもオープンしていないが、その後、一般客も無料で鑑賞できる段取りになっていた。そして明日の日曜日が正式な開館となる。

志倉悠真《しくらゆうま》は後ろから、主任の橘　享《たちばなとおる》に近づき声をかけようとした。だが先に、「部長はいたか」と尋ねられ、悠真は慌てて足を止める。

上がっている息を懸命に抑えながら、「いません」と短く答えた。

振り向かなくても悠真の存在を察知する鋭敏な神経を持つ橘は、三十八歳の警部補で直属の上司だ。今日は紺色のスーツに紺のストライプのネクタイ、少し長めの髪を整髪料でまとめていた。

　悠真は二十七歳の巡査部長。県警本部警備部警備第一課に昨年の春、異動してきた。課内では一番若い新人で、今日は橘と共に警備部長の随行兼警護の任務に就いている。ダークグレーのスーツに、彼女からもらった誕生日プレゼントのワインカラーのネクタイを締め、足下はランニングシューズだ。警察手帳はポケットに入れているが、それ以外の装備は必要ないといわれ、置いてきた。橘の横に並んで周囲に視線を配りながら、

「手洗いに行かれたのかと思います」というと派手な舌打ちが聞こえて、悠真は思わず首をすくめる。

「さっきまでテントの下に座っておられたのですが。すみません」と小声で謝る。走り回ったお陰で前髪が汗で額に張りついていた。

「ちょっと目を離すとこれだ」と橘が愚痴をこぼす。

「今日は式典だけですしね。部長もあちこち見て回って楽しんでおられるのでしょう」

「こっちは仕事だっての。で、トイレって広場の南端にあるところのか。ちょっと遠いな」

「あ、たぶん美術館のだと思います。スタッフの一人が制服姿をガラス越しに見た気がするといっていましたから。無理をいって使わせてもらったのでしょう」

　ちゃんと確認とっていないのかといわれて、悠真はまた首をすくめるようにして、

「すみません」と答える。橘が腕時計を見た。

「仕方ないな。志倉、責任者の人に断りを入れてきてくれ。俺は様子を見てくる」

「了解です」

悠真は、すっと下がってくるりと体を返した。そのまま早足で美術館前にあるテントへと向かう。

来賓用テントの近くで、今回の式典の責任者である年配の男性が落ち着かなげに周囲を窺《うかが》っているのが見えた。確か、県立美術館の管理部門の人で、麻生《あそう》係長といったか。五十前後の細身の神経質そうな人物だ。麻生に向かって悠真が歩き出すと、横手からスタッフジャンパーを着た男性が、「係長」と呼びながらばたばた走ってくるのが見えた。少し待って様子を見る。

麻生が、どうだと尋ねると、男性は首を振りながら、「美術館のトイレに入られたようです」と答えるのが聞こえた。悠真はてっきり自分のところの部長のことかと慌てて近寄る。麻生は軽く舌打ちしたあと、すぐに近くにいた別の男性に目を留めると咳払《せきばら》いし、誤魔化す真似《まね》をしてみせた。

そんな麻生の態度に気づいた男性がいう。

「すみませんねぇ。うちの副知事がお手間を取らせて」

どうやら男性は副知事に随行してきた県庁の人間らしい。さすがに麻生もバツが悪いと思ったのか笑顔を作って、「いえいえ、まだ時間はありますから。ただ、館内で迷っておいでではなければよろしいのですが」と返した。どうやら副知事もトイレらしい。悠真は、タイミングが悪いなと思いつつも、麻生に声をかける。

麻生は「なんだ」と声を尖らせて振り返った。部下と勘違いしたのだろう、悠真を見ると焦って猫なで声でいい直した。「はい、なんでしょう」

「県警の者ですが」

「ああ」途端に普通の声に戻る。

「すみません、実はうちの部長も今、手洗いに行っているようで」

「部長さん？　あ、確か県警の警備部長さんが代理できていただいているんでしたね。エダさん？　エガワ部長でしたか？」

「いえ。榎木《えのき》警備部長です」

「失礼しました。遅れたって構いませんよ。後ろからでもテントに入ってもらえれば」

「部長もテープカットメンバーの一人ですけど」

すんでのところで、舌打ちを堪《こら》えたようだ。

「そうでした。まあ、少しくらいなら大丈夫です。お待ちしていますよ」

よろしくお願いします、と頭を下げて背を向ける。麻生がテント内の県庁の役人らに話しかけているのが後ろから聞こえた。

「……いいですけどね。警察まで呼ぶことはなかったんですよ。しかも、本部長ならともかく、警備部長って中途半端な」

側《そば》にいないから大丈夫と思ったらしい。だが、悠真は子どものときから耳が人一倍いい。ちらりと振り返ると、テント内の県庁の職員らが苦笑いしているのが見えた。

警察が知事所轄下にある公安委員会に管理されている組織であることは、案外、知られていない。警察官のほとんどが地方公務員であるのだから、もちろんその上長は県知事だ。警察を腐すということは、県を非難することでもあるのだが、麻生は知ってか知らずか不満そうな表情でお喋《しゃべ》りを続けていた。

悠真は芝生の上を歩きながら腕時計を見る。午前十時五十二分。開始まであと八分。近くにいるスタッフも腕時計を見たり、スマホを出したりして時間を確認している。あちこちに式典の開始を待つ人らがいて、お喋りをしている。本来ならざわめいている筈《はず》なのに、一瞬、不思議な間ができた。話が途切れたか、なにかに気を取られたのか、鐘をひとつ打ったように静寂が広がった。麻生がついと視線を正面玄関に向ける。つられるように悠真も視線を向けた。

紅白のテープが春風にゆらゆらと揺れているのが目に入った——その刹那。

目の前で激しい爆発音が轟《とどろ》いた。続けざまに小さな音が間を空けずに響き渡る。悠真は一瞬にして体が硬直した。なんの音かわからなかった。膝から粟立《あわだ》つ感覚が立ち上る。

異常事態が発生したということだけが知れた。

そして悲鳴。子どもを捜し、見つけて両腕に抱えて走る父親や母親の姿が目に入った。紙食器をひっくり返してテント下から一目散に逃げるボランティアの人々。来賓は年配者が多く、敏捷《びんしょう》にとはいかない。パイプ椅子に引っかかって転げる者、側の人間を突き飛ばして我先にと駆け出そうとする者、大きな声で意味もなく叫ぶ人、芝生の上に倒れ込む着ぐるみのキャラクター。正面玄関前の広場一帯は、混乱を極めた。

麻生もスタッフも言葉をなくし、立ち尽くしている。やがて白い煙が広がり始め、異様な臭いが鼻を突いた。そこにきてようやく、この場を離れなければならないと気づいたのか、麻生はテントから飛び出す。目の前で県庁の職員が転んだため、スタッフの一人が咄嗟《とっさ》に反応できずに背中を踏んで乗り越えようとした。あいにくバランスを崩してしまい自身も倒れ込む。激しい罵り声が飛び交う。

「志倉っ、なにしている。誘導しろっ」

気づくと橘がスマホを耳に当てながら駆け寄ってくるのが見えた。悠真は、大きく胸を上下させ、息を吐くと同時に跳ねるように駆け出した。

「こっちへっ。早く、建物から離れてっ」

多くの人間が建物から少しでも遠くへと逃げ惑う。

子どもが転んで泣き出す。悠真は素早く抱き上げ、血相を変えて走ってくる父親に引き渡す。「できるだけ遠くへ行ってください」

腕を振り、声を張り上げた。「落ち着いて、慌てないで」

群衆のなかをくぐって駆け寄ってくる人の姿があった。先ほど逃げた筈の麻生と美術館スタッフだと気づく。自分達の役目を思い出したのだろう、彼らは恐怖に顔を引きつらせながらも、悠真と同じように両手を振り回し、避難の誘導を始めた。

「早く、こっちへ。建物から離れてっ。大丈夫です、慌てないで」

【午前10時48分・美術館内】

薄いピンク色の大理石を貼った洗面台を指先でなぞりながら、秦玖理子《はたくりこ》は小さく息を吐いた。

これだって安いものじゃない。美術館のトイレまで意匠を凝らさなくてもと思うが、今さらそんなことをいっても始まらない。手を洗い、ハンカチを出そうとスーツのポケットに手を伸ばす。腰につけた大きな赤いリボンの花が邪魔で出しにくい。思わず眉間に皺《しわ》を寄せるが、その歪《ゆが》んだ顔を鏡で見て慌てて頬を弛《ゆる》めた。

悪くない。四十一歳になるバツイチだが、まだまだいけると微笑《ほほえ》みを浮べる。本当なら知事を目指したかったが、三期連続の現役知事を敵に回して勝てる見込みはないと、選挙参謀は冷静に判断した。勝山《かつやま》知事の年齢は今年、喜寿の七十七歳を迎える。次はないだろうし、ひょっとすれば在任中に病気で倒れるかもしれない。そうなれば次の選挙では職務の代理をしたことで玖理子が知事に選ばれる、かもしれない。そんな適当な見通しに乗せられ、副知事に甘んじた。

　ハンカチをポケットに戻して、また息を吐く。

「駄目駄目。こんなため息ばっか吐《つ》いてちゃ。転がっている幸運が吹き飛んでしまう。なにせ幸運は気まぐれで、羽根のように軽いといわれているんだから。吸い込まないと」

　独りごちると洗面台の鏡の前で大きく深呼吸した。

　腕時計に目をやる。間もなく開館式典が始まる。知事の代理として挨拶をし、テープカットをし、県や市の議員、協賛会社の重役、建築家、美術館員らと談笑し、館内をぐるっと見て回ればいいだけのことだ。小一時間もあればすむだろう。たったそれだけのことを勝山は、忙しいからと玖理子に振ってきたのだ。休日の土曜日に仕事などある筈がない。どうせどっかの会社社長らとゴルフだろう。

　玖理子はこの美術館を含めた大型遊興施設『フェリーチェパーク』建設の、その真の目的を知ってから知事に対して態度を硬化させていた。一度などそんなやり方は卑怯《ひきょう》だと口走ったこともある。恐らく、勝山はそのことをいまだに根に持っているのだ。

「狸《たぬき》じじい、ゴルフ場で雷に打たれればいい」

　夕方から天候が不安定となり、雷雨もあるかもしれないといっていた。

　玖理子は再び、鏡のなかに吊《つ》り上がった目をした四十女を見つけて、慌てて指先で目尻を下げ、皺を伸ばした。

人けのない美術館は広過ぎて、不気味だ。なかにあるのが、物言わぬ絵画や焼き物、彫刻ばかりだからか。静かというよりは、白い闇のなかに落ちたような気がする。エントランススペースに受付カウンター、そしてホールへと続くがそこは吹き抜けになっている。アーチ形の高い天井付近のガラス窓から春の陽がさんさんと注ぎ込んでいて、電気など点《つ》けなくとも充分に明るい。明るいが、まるで深海のように静かだ。空気も冷え冷えとしていて、呼吸する音さえ聞こえそう。他に、木製の手すりの下、親柱のあいだを子柱が密に並ぶ凝った意匠の階段と階段脇に常設展示室の出入口がある。

肩の埃《ほこり》を払って、トイレを出る。出た瞬間、全身が固まった。すぐ側に人の気配があって、もう少しで悲鳴を上げるところだった。

どうしても手洗いに行きたいからとスタッフに無理をいって美術館のホールにあるトイレを使わせてもらった。てっきり玖理子一人だと思っていたから驚いた。

なんとか悲鳴を上げるのだけは堪える。女はすぐに甲高い声で喚《わめ》き散らすといって辞職する羽目になった八十過ぎの県議がいたなと、余計なことが頭を過《よぎ》る。

「失礼」

隣の男性用トイレから出てきた男は軽く会釈する。服装を見て玖理子はすぐに安堵《あんど》に胸を撫《な》でおろした。その人物は誰もが知る、街中でもよく見かける制服を着ていた。紺色の上下に白いシャツ、紺のネクタイ。胸にあるのは確か識別章と階級章だったか。

男のそれは金色に輝いている。頭にはこれも知られる代紋を正面に飾った制帽があった。

玖理子が問う前に、男が先にいった。

「秦副知事、驚かせてしまい申し訳ありません。県警本部警備部長の榎木孔泉《こうせん》です」

「コウセン?」うっかり呟《つぶや》いてしまったから、相手はすぐに名刺を取り出した。仕方なく玖理子も名刺入れを出し、トイレの前で交換する。孔泉の字を見、階級を確認して、警察官には見えない、青白く出来の悪いホワイトアスパラのような顔を見る。あ、そうかと気づく。三十代にしか見えない男の階級が警視正で、本部の警備部長なら、それはキャリアに決まっている。国家公務員総合職に受かり、各県警を回って階級を上げてゆく。地方県警にしてみればお客さま幹部だ。

名刺をしまいながら、「いいのよ。ただ、誰もいないと思っていたから」と答えた。

「ヒールの音が聞こえ」少しだけ間を置くと、「驚かさないようにしようと気を配ったつもりだったのですが」と孔泉はいって白い頬を僅かに染めた。

驚かさないように気配を消したら余計驚くだろうが、と思いつつ、玖理子はにこやかに微笑んでみせた。

赴任したとき知事のところに挨拶にきた筈だが玖理子はおらず、顔を合わせるのは今回が初めてになる。普段、玖理子が警察官と顔を合わせることはない。この県で普段警備を必要とするのは知事のみで、孔泉も知事とは親しく口を利いているだろうが、あいにく、今日はその狸知事は欠席だ。

　二人並んで玄関へと向かう。

「立派な美しい美術館ができましたね」孔泉がとってつけたようにいう。そのありふれた称賛に、世辞や愛想が苦手のようだと知る。逆に玖理子は、気遣いと忖度《そんたく》と本心を隠すことに長《た》けた人間となっていた。

「ありがとう。これでうちの県も自然だけでなく、歴史と文化芸術に注力した格のある県となるわ」

「格ですか」

　玖理子は奥歯を噛《か》んだ。いい方がまずかったか。慌てて、「まあ、風格というのか、他県に劣らない豊かさをもつ県という意味だけど」といい直すと、孔泉は小さく首を傾《かし》げる。

「わたしは東京から車で二時間もかからないこの県が、手つかずの自然に溢《あふ》れていることこそ人にとっての豊かさの証《あかし》のようにも思いますが」

「自然だけでは暮らしは立ち行かないわ」

　思わずいい返してしまい、しまったと軽く目を瞑《つぶ》る。

　国家公務員総合職の孔泉は、恐らく東大か京大の出身だろう。玖理子は県の私大出身でスポーツに明け暮れたせいで勉強は苦手だった。頭の出来は違うかもしれないが、その分、玖理子には経験がある。若いときから頭の回転も速く、口も立った。世間知らずの年下キャリアにむきになることなどない。だいたい警察は県の公安委員会の管理組織だ。県警本部長さえも玖理子には敬語を使う。

今回、代理として孔泉を寄越《よこ》したのは、恐らく玖理子を煙たく思ってのことなのだろう。県警の本部長は知事と親しい。その孔泉が腕時計を見て、「五十二分です。急ぎましょう、式典が始まります」という。

玖理子は鼻を僅かに上げて、早足で孔泉の少し前を歩き出した。そのときだ。

突然、大音響と共に建物が身震いするように振動した。地震かと咄嗟に両手で頭を覆い、腰を屈《かが》めて、踏ん張った。だがすぐに違う、なにかの爆発音のようだと思い直す。間を置かず、最初の音に比べると小さいが破裂音が響き渡った。玖理子は息を呑《の》んで立ちすくんだ。すぐ後ろで孔泉も固まっているのがわかる。嫌な臭いがして白い煙が見えた。玄関の向こうから悲鳴や怒号など、大勢の喚く声が聞こえる。

はっと目を凝らすと玄関扉を通って複数の人間が走り込んでくるのが見えた。一瞬、県庁か美術館の人間が玖理子を捜しにきたのかと思った。だが、違った。入ってきた人物はみな同じ、縁日などで見かけるような狐面《きつねめん》をつけていた。そして黒っぽいジャージのようなものを着ている。なかの一人が細長い銃のような武器を抱えているのを目にして、玖理子の脳内は一瞬で緊張感に満ちた。

ここにいてはいけない。見つかる前に隠れないと。咄嗟にそう考えて踵《きびす》を返すと、呆《ぼう》然《ぜん》とする孔泉が目に入った。すぐにその腕を摑《つか》み、潜めた声で、「早くっ、こっちへ」と引っ張る。はっと我に返った孔泉が、逆に玖理子の手を引いて走り出した。

そして身を屈め、手すりの下に隠れるようにしながら階段を駆け上がった。

美術館がどんな構造になっているのか、昨日、文化振興課の職員から説明を受けたが適当に聞き流していた。玖理子には肝心なところをすっ飛ばす悪い癖があって、そのことがまた仇《あだ》になりそうだと唇を嚙む。よくわからないのは前を行く孔泉も同じだろうが、とにかく一階にいるよりは見つかりにくいと判断したらしい。

なんとか上りきると孔泉がいきなり二階の床に伏せた。そして階段際ににじり寄ると、階下を覗《のぞ》き見始めた。玖理子も同じ姿勢になってそっと窺う。

色とりどりの狐面をつけた人間が複数、ざっと見て十人前後か。館内に駆け込むと何人かが散らばり、玄関扉の前には外からの侵入を防ぐように狐が二人立って、一人が銃を構える。間もなく、ホールの奥から一人が戻ってきて、「事務室にいた職員は全員、外に出して占拠した。セキュリティコントロールは確保した」と叫ぶ。声と動きと体軀《たいく》からして男であるのは間違いない。

今度は受付カウンターの側に立つ赤い狐面が、「玄関、搬入口、職員用出入口、非常口、窓、全て閉鎖しろ」と掠《かす》れた声で指示する。赤い狐がリーダーなのか。

やがて玄関のガラス扉がジィーという音と共に覆われてゆく。あ、と思わず声に出そうになって慌てて口を塞ぐ。シャッターがあるとは思っていなかった。気づくと一階の窓も同じように閉じられていく。

室内が暗くなり、すぐに天井や壁の灯《あか》りが点《とも》った。

「閉じ込められましたね」

隣で孔泉が冷静に呟く。見ると、いつの間に取り出したのかスマホのカメラで動画を撮っていた。玖理子は黙って口を引き結ぶ。

こうなると美術館はシェルターのようだ。確かに美術館は貴重なものが多数置かれている。だから盗難には人一倍神経質になるだろうが、建物全体を覆うほどの堅い防御設備を施すというのは普通なのだろうか。もしやこれもわざと費用をかけるための、余分な設備ではないのか。そんな思いが過るが、今は考えている暇はないとすぐに首を振る。

孔泉が、「隠れましょう」と囁《ささや》くなり、這《は》ったままあとずさりする。

そして一階から見えない場所まできて立ち上がると、気づいたように動きを止めて玖理子に手を差し伸べた。遠慮なく捉《つか》まって体を起こし、パンプスを脱いで手で握る。シャッターが下ろされたせいで、まるで棺桶《かんおけ》に閉じこめられたような圧迫感が満ちた。孔泉と二人で真新しい廊下を走り出した。

【午前11時23分・県警本部】

　現場は所轄の警察や同僚に任せて、一旦、状況を説明するために主任と悠真の二人は県警本部へ戻ることになった。警備一課の部屋に入るなり、立川《たちかわ》課長に声をかけられ、本部長室に行くことになった。

「本部長へはわたしが説明するが、直接、現場のことを尋ねられるかもしれないからそのつもりで」

　悠真は思わず、「僕もですか?」と訊《き》いた。主任の橘は警部補だからいいとしても、悠真は警備部に入ってまだ一年の巡査部長だ。だが立川は表情のないまま頷《うなず》いた。すぐ脇にはキャリア警視の参事官が立っているが、悠真など目に入っていない様子だ。

　立川倉司《そうじ》警視、五十七歳。ノンキャリで本部の警備部警備一課長となって六年。うっすら白髪の交じった髪を綺麗《きれい》に撫でつけ、角ばった顔に黒縁眼鏡、中肉中背。高級ではないが、かといって安価でもない地味なスーツとネクタイ。靴も時計も普通で一見、街で見かける管理職クラスのサラリーマン風だ。もちろんわざとそう見えるよう図っている。三十代からずっと警備畑ひと筋、ノンキャリながら県内の所轄、本部では誰もが認める警備公安のベテランだ。

一方の参事官は三十過ぎのキャリアで、孔泉の後輩に当たる。今年の四月に赴任したばかり。当然ながらなにも知らないため、立川に全て任せるつもりでいるようだ。それはある意味賢明な処置ともいえる。

本部長室は十階建ての庁舎の七階にあり、並びに公安委員会の部屋がある。二十畳ほどの広さに紺色の厚手の絨毯《じゅうたん》が敷かれ、角部屋だが窓は道路側にあるだけだ。窓の手前に大きな執務机、応接セット、会議テーブルが置かれている。そして壁に液晶モニターと歴代の本部長の写真がかけられていた。

既に、各部の部長は集まっていて、大きな応接セットに腰かけている。悠真らが部屋に入って隅に身を寄せた途端、ノックもなくドアがいきなり開いた。

「なにが起きた」

赤ら顔の太田《おおた》県警本部長は部屋に飛び込むなり、顔を更に赤くさせて部長らに向けて低い声で怒鳴った。部長らは難しい顔のまま立ち上がって室内の敬礼をしたあと、太田が応接セットの正面奥、一人用ソファに着くのに合わせて腰を下ろす。

刑事部長と立川が交互に説明する。

「襲撃者は複数。正確な人数は把握できていません。最初の爆発はプラスティック爆弾と思われ、玄関脇の植え込み周辺で爆破。外壁の一部を破壊しましたが、それ以外に大きな被害はなく、続く白煙筒や爆竹の使用から類推するに、犯人が侵入する目的で行ったものと考えます。なお、犯人らはライフル銃を所持していると思われます」

そう締めくくると、太田は太い指を苛立《いらだ》たしげに上下に振りながら、「把握できてないとか思われますとか、そういうことを聞きたいんじゃない。連中の目的はなんなんだ。テロか。愉快犯か。おい、警備部長はどうした」という。

ようやく孔泉がいないことに気づいたのか、部長らの座るソファの後ろに立っている参事官と立川を睨《にら》みつけた。二人が揃《そろ》って頭を下げるのを見て、慌てて悠真も体を折った。

「申し訳ありません。榎木部長は開館式典に出席のため現場に臨場しておりましたが、いまだ混乱しているためか連絡がつかない状態です」と立川が答える。

「なんだそれは。こういう案件は警備部長の本分だろう。すぐに呼び寄せろ」

「はい」

「連中に心当たりはあるのか。県内に潜伏する公安対象者は？　リストを見せろ」

「はい」立川が悠真を振り返り、「お渡ししろ」と指示する。

悠真はすぐに書類を持って太田の側に行く。低いテーブルに前かがみになって並べた。そんな悠真に太田が目を向け、「現場にいたのか」と尋ねる。

「は、はい。おりました」

「ちゃんと市民を誘導したんだろうな」

「はい」と答えたものの、最初は呆然としていたことを思い出し、一緒にいた橋をちらりと見るが無表情を返される。

リストに目を通した太田が、指先でテーブルを小突き始めた。

「このなかのどれが怪しいと睨んでいる」

「それは」と立川は思案顔をする。

太田本部長は在任二年目で、無事にこの一年をやり過ごせれば、更にステップアップできるものと期待している。そんな話は庁舎内では誰もが知ることだ。

そんな太田にしてみれば、よりにもよってこんな大事件が出来《しゅったい》し、うまく解決できれば警察庁の良いポストもあるが、ヘタを打てば地方県に行かされることになりかねない。常に損得勘定はしているから、不安を煽《あお》るようなことをいえば余計に事態がややこしくなる。

立川は慎重に言葉を選び、「現在、リストの対象者を洗っております。恐らく、そのなかにいるかと思われますが、県外からのテロリストも視野に入れる必要はあるかと考えます。ですが、襲撃犯が立てこもったのは美術館で、人質があるわけではありません。一般市民への被害は皆無と、その点は楽観しても良いかと思います」といい、「とはいえ早急に犯人の特定を行います」と念押しする。

太田はふんふんと頷き、向かいに座る刑事部長に、「ひとまず人質がいないのはなによりだよな」というが、すぐに眉に力を入れる。「だが犯人が複数いるというのは厄介だ。しかも公園ということで規制する範囲も広い。機動隊を全部集結させたらどうだ。なんなら所轄の直轄も出したらいい」

立川が微《かす》かに首を傾ける。

「全部ですか。あいにく午後六時十五分前後に槌江《つちえ》地区で警備対象事案が予定されており、そのため中隊を既に派遣しています。それ以外の部隊を招集したところです」

「なんだ？　槌江の警備対象事案とは？」

「はい。槌江町を通っております高架有料道路を海外からのＶＩＰが車両通過します。うちが受け持つ警備範囲は一キロほどですが」

太田は最後まで聞かずに、ああ、あれかと面倒くさそうにいう。

「たった一キロだろう？　しかもまだ時間があるじゃないか。いいよ、そんなの近くの所轄の直轄警察隊にやらせとけば」

警備部に所属する機動隊とは別に、各所轄は、若手の精鋭を十人前後集めた直轄警察隊という部隊を備えている。所属長の指揮下にあるが、大規模な警備事案となると機動隊だけでなく直轄も招集、派遣されることがある。

立川は表情を変えないまま、「わかりました」と答える。

「うむ、頼んだぞ。とにかく、人質もいないことだし、現場は方面本部でなく警備部に任せていいんじゃないか。どうだ？」

刑事部長が僅かの間を置いたのち首肯し、「よろしいかと思います。各部、協力体制を敷き、我々も早急に犯人の割り出しに動きます」と答える。

その言葉を聞いて悠真は胸を撫でおろす。顔には出していないが、立川も内心、ほっとしているだろう。

警備部長が臨席する場でテロ行為が行われたのに、よその手を借りて事件の収拾を図るのは格好がつかない。警備部員はみなそう思っている筈だ。

「現場主導は警備部で。榎木部長もそのうち合流するだろう？」と太田が問う。

「はい、もう取りかかっておられるかと思います」と参事官が元気よく答える。

「刑事部や地域部は警備部と共に事件を一刻も早く解決し、犯人を確保してくれ」といって太田はソファから立ち上がって、執務机に向かう。ふと足を止めて振り返った。

「新生美術館はできたばかりの県の施設だ。知事が気にしている。できるだけ損害が小さくすむようにしてくれ」

「わかりました」と刑事部長が返事をして席を立つ。他の部長らと一緒に戸口に向かい、部屋を出た。最後に参事官と立川、その後ろに橘と悠真が続く。廊下に出たところに、刑事部長が待ち構えていた。立川を捉まえて問い質《ただ》すのを悠真らは後ろで直立したまま見ている。

「榎木部長がいないって本当か。お宅ら内緒で勝手にことを進めているんじゃないだろうな」

立川は本部長室に集まった人間のなかで一番年齢が上になるが、悠真らを別にすれば立場は一番下だ。命令口調でいわれるのは仕方がない。ただ、孔泉だけは立川に限らず、自分より年配であるとか、仕事に熟達しているとわかる相手には、相応のきちんとした言葉遣いをしている。ふとそんなことを思いながら悠真は橘の後ろから、立川の背と刑事部長の睨む顔、そして少し離れて参事官が頭を掻《か》いている姿を見つめた。

「とんでもありません。本当に榎木部長と連絡がつかないんです。こんな大事件、うちだけで片付けられる筈がないですよ。ですから刑事部長、ぜひご協力をお願いします」

と立川が慇懃《いんぎん》に頭を下げる。

「ふーん。警備部のやることだからな。ま、いい。とにかくうちはうちで犯人を特定するのに総動員をかける。だから情報は共有してくれ」

「もちろんです。よろしくお願いします」

そういって刑事部長に頭を下げると、立川は参事官と共に警備部の部屋へと向かう。その後ろを悠真も早足でついてゆく。

耳につけたイヤホンからは、いまだ孔泉の所在を知らせる報はない。悠真は眉根がどんどん寄ってゆくのを抑えられなかった。

『フェリーチェパーク』への道は封鎖された。

小高い山を越えて県境に向かう道は、普段から交通量がそれなりにある。封鎖されたことで他県に移動する車は、細くて人通りのある市町村道を使って越境するしかなくなった。

フェリーチェパークの広い敷地には機動隊のバスやパトカー、捜査車両が停《と》まり、規制線の向こう側ではマスコミの中継車や報道各社の記者らが二重にも三重にも取り囲む。ただ、そこからだと美術館の屋根くらいしか見えないから、記者連中は道路を外れて山の斜面を上ろうとしては制服警察官に追い払われている。その声もどんどん大きく、厳しいものになっていった。

立てこもり事件の場合、マスコミ各社には当該場所周辺の映像をテレビやネットで流すことは控えてもらっている。あくまでも離れた位置から、遠目で建物が映り込む程度の映像中継にとどまる。そうでないと、警察がどのような対応、応戦をするのか犯人側に知られる恐れがあるからだ。

ただ、今回は人質がおらず、あえていうなら館内に収容されている美術品が人質だが、そのため気楽に考えているらしく、一部のマスコミや野次馬が勝手に規制線を越え、遠慮なくカメラやスマホで映像を捉えようとする。そういうのを相手に、近隣の所轄から派遣された制服警察官は厳しく注意、若《も》しくは犯人を刺激しないでくれと懇願し続ける。そ

警備部が用意した指揮車はグレーの大型バスで正面以外の窓は全て塞がれている。そのなかにモニターや電話、無線機などの機材を積み込み、立川を筆頭に警備、公安からベテランが選抜されて詰める。孔泉に随行したということで悠真も乗るようにいわれた。橘は、本部長室で話の出た槌江地区案件のため、そちらに向かった。

立川が狭い車内で、どうして榎木部長が行方不明なんだ、と繰り返し尋ねてくる。何度訊かれても、悠真は自分が目を離したせいだとしか答えようがなかった。

開館式典の直前、孔泉は誰もいない美術館のトイレへ一人で向かったと思われた。その後の調査で、式典スタッフから孔泉を館内に入れたとの証言を得たから、美術館に入ったのは間違いない。肝心なのは、いつ外に出たのか、出た直後に爆破の影響を受けたのか。それとも爆破のあと、群衆の混乱に巻き込まれたのか、だ。

「申し訳ありません」

今さら叱責したところで仕方がないと思ったのか、立川は口を閉じた。

あの孔泉なら、いちいち部下の手間を取らせることはないとトイレくらい自分で探して行くだろう。

前任の県警での榎木孔泉の評判は、こちらでも噂《うわさ》になっていたから悠真もある程度は知っている。

地域部長でありながら、小さな所轄のそのまた小さな警部交番へと一時的に赴任した。そこで資産家の女性が殺害された事件を解決し、当初の目的である強盗傷害事件の被疑者を逃亡させた案件の隠された真実を暴き出したという。

キャリアは各県警を数年ごとに異動する。そのことを腰かけというのは単なるいい回しで、悪意があってのことではないと悠真は思っている。とはいえ、立川や悠真のようにこの県に奉職して、退職するまでずっと同じ県内で働き続ける者にすれば、たった二年や三年でなにができるという気持ちが、少なからずある。

ただ、キャリアと地方公務員とでは、端《はな》からやるべき仕事の種類が違うということくらいは理解している。各県警で経験を積んで、最終的に幹部として務めるに必要な能力や知識を得られれば、それでいいのだ。だからノンキャリだキャリアだと目くじら立てることもないし、反発する必要もない。これまで立川も先輩課員も他の課の同僚もそう思って、入れ替わりやってくる新しい部長にことなかれで仕えてきた。

昨年の秋、孔泉が例の警部交番からいきなりうちの県警の警備部長としてやってきた。前が地域部長だからある意味栄転かもしれないが、キャリアは警察庁と県警を行ったりきたりするというから横すべりはあまりいいことではないのかもしれない。どんな様子でくるかと思っていたら、全く表情が読めなくて少し戸惑った。青白いのは顔色が悪いのではなく、単に色白なだけらしい。三十六歳の独身。細い目ののっぺりとした顔つきで、冷ややかな物言いをするからクールな人物かと思ったが、単に気配りの加減や仕方がわからず、愛想を振りまくのが苦手だかららしい。そうと気づいたのは、赴任してひと月も経《た》ってからだ。

とにかくうちの県警で無事に二年を過ごして異動してくれたらいいというのが、みなの共通の認識だった。そう思っていたのだが。

公安課の人間が尾行をしくじったことがあった。

その顚末《てんまつ》を詳しく悠真が耳にできたのは、ずい分あとになってからのことだ。警備部内のことだけによそに漏れることはないが、部内では隠しようがなく、主任を通して周知される。もちろん、部外秘だと念を押された。

公安が追っていたのは、新興宗教の教団と関係が深く、凶器準備集合の前科のある人物だった。行動確認をしていたら、百貨店内でまかれたらしい。通常、二人で組んでするところ、そのときは三人で行ったのにしくじったというから、公安課長の為末《ためすえ》がずい分と腹を立てた。

立川と同期の為末警視は、熱しやすいところはあるが、職務のために必要だと判断したなら、あの無表情な立川ですら顔を顰《しか》めるほど部下にも仕事にも冷徹になれる男だと噂されている。そんな為末が、ミスをしたのがベテランであっても叱責するのは当然だったし、ことはそれですんだと誰もが思っていた。

ところが報告を受けた孔泉は、なぜか直接、尾行した課員から話を聞きたいといい出した。しかも上司は外してくれといったらしい。聴き取りを終えた孔泉は、改めて為末を呼び、尾行した三人のうちの二人を今後、捜査に関わらせず、次第によっては次の異動で別部署へ移すかもしれないといった。

ことの顚末はこうだ。三人の公安課員のうち二人は同じ四十代のベテラン、期はひとつ違い。所轄でも一緒に仕事をしたことがあり、気心の知れた仲だった。もう一人は、二人より五期ほど下で公安にきてまだ二年ほどだった。尾行の細かな動きや位置の指示を出すリーダーを一期上のベテラン課員が務めることになっていた。

つかず離れず、ときには迂回《うかい》して前後を入れ替わるなどしつつ、街中を逍遥する姿を追った。やがて対象者が駅前の百貨店に入った。そのとき、対象者の前方を歩いていたのが一期下のベテラン課員で、無線連絡を受けたあと、そのまま一度通り過ぎてから店内へと戻ることになった。今度は二年目の後輩が先回りして前を行き、一緒にいたリーダーが後ろについた。あとから入ってくる課員とすぐに合流する筈だった。ところが一向にやってこない。妙だと思って無線で呼びかけるが応答がない。そのうちリーダーのスマホがバイブした。画面を見るとそのやってこない課員からで、無線だと後輩にも聞かれるからだろうと察して、慌てて耳に当てた。

そしてあろうことか、その課員は自分の妻が見知らぬ男と歩いているのを見つけたといい出した。更には、リーダーはその課員に無視しろといわなかったそうだ。

以前にその課員から、奥さんのことで悩んでいると相談を受けていたのだ。

「だからといって」と思わず悠真は口にした。肩をすくめる先輩を見て、口を閉じる。

結局、いつもの尾行より一人多かったこともあって、リーダーは後輩と二人で対象者を追った。ところが間の悪いことはあるもので、対象者が歩く先でその課員の妻と男が腕を組んで横切るという偶然が起きた。当然、尾《つ》けていた課員もすぐあとから現れた。リーダーは早くその場を離れろと無線で指示したのだが、いかんせん慌てて叫んだものだから、前を張る後輩が自分のことだと思った。

複数で尾行する際、無線だと誰への指示なのか混乱する恐れがあるので、それぞれ呼び名代わりの符牒《ふちょう》をつけている。名前をいうわけにはいかないから、大概、何気ないものを、例えば車とか花とかの名前を事前につけていた。

慌てる後輩と妻を追っていた課員、そんな妙な動きをする男二人を見て、対象者は公安の存在に気づいたのだ。その後はリーダーが一人で尾行することになり、途中で百貨店のバックヤードに潜り込まれて見失った。仲のいいベテランの二人は、単にまかれたに過ぎないと口裏を合わせることにした。

「それがどうしてバレたんですか」悠真は疑問を口にした。

「その後輩の方が、ひょっと呟いたらしい」と主任は教えてくれる。

孔泉は部長室にこもることなく、時折、執務室に出てきて課員らと話をしたり、資料を見たりする。まかれたことは報告を受けていたから、ベテラン二人の側にいる後輩の落ち着かない様子に目を留めたのだろう。尾行をしくじったことを気にして、『僕が符牒を聞き逃したんでしょうか』といったそうだ。

孔泉も尾行時につける符牒のことは知っている。リーダーが符牒をいい漏らすとは思えないから、後輩のしくじりだと誰もが思っていた。ベテラン二人のうち一期下の方が、『気にするな、お前のせいじゃない』と慰めたのだそうだ。

「それが?」と悠真はわからない、と首を傾ける。主任が仕方ないなと、苦笑いして説明してくれた。

「そのセリフをいうとすれば、それはリーダーだろうが」

「あ、そうか」

よく考えれば、合流して後方についている筈の課員に、その場を離れろというのはおかしい。しかも符牒をいったのを後輩が聞き逃した、だが気にするなとリーダーがいうのならわかるが、なぜ、もう一人が口にするのか。つまり、離れろといったのはベテランに対してで、リーダーが慌てて符牒をいい忘れたこともわかっていた。だが、そのことをいえば、自分が後方についておらず、別の場所にいたことがバレる。後輩に引け目を感じて、つい、お前のせいじゃない、と口に出してしまったのだ。孔泉はそれを聞き逃さなかったというわけだ。

「なるほど」と感心するが、主任に、「公安課の前ではいうなよ」と念を押される。

孔泉はおかしいと感じて、当該の三人を部長室に呼んだ。為末を外したのは、課長というクッションを抜いたことで直《じか》にプレッシャーをかけられると考えたからだと、主任はしたり顔でいった。

孔泉は二人の課員の失態の真実を知るとすぐさま、為末課長を呼んで指示した。対象者が些細《ささい》な、百貨店の人混みのなかを思えば些細な異常なのに、それに気づき咄嗟に尾行をまく行動に出たのは、警察の目を避けねばならない差し迫ったなにかを抱えているからではないか。金銭的に余裕があるとは思えない前科者の対象者が、百貨店にどんな用事があるのか。だからすぐに対処するように、と。

そういわれた為末は顔を青くして部長室から出てきた、というわけだ。

一週間後、件《くだん》の対象者は性懲りもなく爆発物を準備していたことが判明し、本部公安によって検挙された。仲間はおらず単独で、百貨店のイベントでやってくる地元出身の国会議員を狙ったようだった。日ごろから新興宗教に対し、厳しいスタンスを取っていた議員だった。

事件になったことで、二人の公安課員のしたしくじりは重大なものとなった。通常の行確（行動確認）では、まかれたくらいで処分まではされない。だが、今回はそうはいかない。異動の打診にも、二人の課員は素直に頷いたらしい。

それからかもしれないと、悠真は考える。警備部における孔泉を見る目が、なんとなく変わったのは。

【午前11時8分・美術館内】

二階には二つの企画展示室のほか、シアタースペース、休憩エリアがある。階段を上がって南側にカフェがあり、外に面したガラス戸からテラスに出られる。今日はプレオープンなのでカフェはやっておらず、テーブルやチェアが窓際の隅にまとめて置かれ、ガラス戸も閉じられている。他にミュージアムショップ、男女トイレ、共用のトイレ、客用エレベータなどがある。二階にシャッターはないらしく、陽射《ひざ》しが入って少し明るい。

玖理子は淡いグリーンのカーペットが敷かれているのを確認し、パンプスをスーツのポケットに入れて歩く。そして孔泉と共に奥に向かった。いつ狐面らが上がってくるか知れない。館内は広いが、狐が複数いる以上、隈《くま》なく調べられたらすぐに見つかってしまう。どこかに隠れる場所を見つけなければ。

「我々がいることを知られないうちは、連中も必死になって捜すということはしないでしょう」

孔泉が囁くのに、玖理子は睨みつけることで返事した。こういう場合、安易な考えは命取りだ。副知事となってから、どれほど多くの期待や望みを打ち砕かれてきたことか。県政に携わるなどメンタルの弱い人間には務まらない。強過ぎても駄目だ。なんでもすぐに諦め、人任せにし、人のせいにしようというくらいの厚顔さを持つ者が一番ふさわしい気がする。この美術館の真の目的を知ってから余計にそう思うようになった。

足音を忍ばせながら孔泉のあとに続く。階段下から気配がした。誰かが上がってくるようだ。

玖理子は顔を引きつらせ、孔泉を見やる。青白い顔が僅かに赤らんだ。

素早く周囲を見渡したあと、孔泉はこちらへといって二階の左手にある第一展示室の入り口からなかに入る。一階の常設展示室は地元の作家の作品や美術館所蔵の作品が既に並べられているが、この企画展用の展示室はまだなにもなく、ライトすら点いていない。バックヤードを別にすれば館内で一番広いスペースを持つ場所だが、出入口から差し込む光がなければ真っ暗になる筈だ。

「あの奥に扉があります。恐らくバックヤードに繋《つな》がっている」

孔泉は知った風に薄暗がりのなかを歩き出す。

「ちょっと、大丈夫なの。監視スタッフや学芸員が出入りするドアでしょ。鍵がかかっているんじゃないの」

「はい。そうかもしれませんが、念のため」

そういって早足で展示室を横切ると鋼板のドアに飛びつき、ノブを回す。動かない。

「かかってますね」

「そりゃそうでしょう。いくら客がいないからって開けっ放しのわけがない。どうするの。連中がやってくるわ」

孔泉は黙って顎に指を当てて、周囲を見回している。その横顔を苛々しながら見つめ、

「早くしないとくるわよ」と子どものように足踏みしたいのを必死で堪える。苛立ちよりも恐怖が増してゆく。声が震えそうで唇を閉じた。その分、足下から発作のような震えがせり上がってきて、腹に力を入れて耐える。そんな体の揺れや吐く息すら、犯人に聞き咎《とが》められそうな気がした。

「こっちへ」孔泉が走り出すのを見て、息を止めて追う。広い展示室の隅に、十畳ほどの仕切られた場所がある。どうやら作品に関する映像などを流すエリアで、恐らくこれがシアタースペースと呼ばれるものだろう。

出入口から離れた分、部屋の暗さが増し、目を凝らしても壁に立てかけてあるパイプ椅子らしい濃い影しかわからない。孔泉がスマホを取り出して灯りを点けた。それを見てはっとする。

「そうだわ。スマホがあるんだ。ねえ、早くそれで外に連絡をし」といいかけるのを孔泉にしっと諫《いさ》められる。「今はそんな暇はありません。安全なところに身を隠すのが先

決です」

もっともだ、と玖理子は口を噤《つぐ》んだ。

「こちらへ」

そういって孔泉は大きなモニター画面の反対側にある壁へと身を寄せた。壁の上部に小窓があり、その下に黒いカーテンが垂れている。そのカーテンを引くと幅四十センチほどのドアがあった。部屋を横切っただけでは見つけられないだろうし、暗がりならなおのことだ。

「展示用の備品を置く場所かと思いますが」

「備品？」

予備のパイプ椅子や展示用パネル、脚立、台車などを置く場所らしい。ちょっとした備品のためのスペースだからか、カーテンで覆われている部分が全てだとしても相当狭そうだ。それでも大人二人なんとか隠れられないことはない。

「鍵は？」と思わず訊く。

「どうでしょう」といって孔泉は、防火扉などにある丸いハンドル状のものへと手を伸ばす。持ち手を起こして手前に引くと、ドアが微かに動くのが見えて玖理子は思わず歓喜の声を上げかけた。だがすぐに孔泉が、うん？　といって持ち手を揺さぶった。

「どうしたの？　開かないの？」

玖理子もスマホのライトを当てる。ドアは前後に確かに動く。鍵はかかっていない。なのにどうして開かないのだろう。

「誰かいるのか」

ひっと思わず玖理子は声を出し、跳ねるようにして後ずさった。同時に孔泉が思いきり手前に引いてドアを開けるのが見えた。きゃっという小さな悲鳴が聞こえ、なにかが落ちるような音がした。

「誰だ？　あれ、子ども？」

「え？」玖理子は孔泉を押しのけ、灯りを当てる。白い光のなかにうずくまる姿が見えた。確かに、小さい。立てかけられているパイプ椅子に挟まるようにして床に屈み込み、膝上で組んだ腕に顔を埋《うず》めているから男の子か女の子かはわからない。黒っぽい服装と真っすぐな髪が見えるだけだが、それでも体格的に大人でないのは間違いないだろう。どうしてこんなところに。

そのとき人の声が聞こえた。カーペットで足音は吸収されているが、話している様子から複数人いるらしいと知る。孔泉も出入口の方を振り返っていて、低い声で、「こちらにくる。早くなかに」と囁いた。玖理子は頷き、狭いスペースに体を横にして入る。床にしゃがんでいる子どもが邪魔で奥に進めない。

「ねえ、あなた、あなたが誰かとか、なんでここにいるかとかは、今はいい。とにかくわたし達をなかに入れてちょうだい。悪い連中がこっちにきそうで、とても怖い状況なのよ。お願い、奥に行って。あなた、体が薄そうだから壁にへばりついてくれたらもう一人入れる」

子どもが恐る恐るという風に顔を上げる。白い光を浴びているから余計にそう見えるのか、血の気がなく、恐怖に固まっていた。長袖のスウェットを着て、ジーンズを穿《は》いている。髪は耳にかぶさる長さで女の子だろう、年齢は十歳か十一歳か、もしかしたら小柄な中学生かも。玖理子は二十七歳のときに結婚し、子どもができないまま三十三歳で離婚した。だからというわけでもないが、子どものことはよくわからないし、正直苦手だ。なにをどういえば、この怯《おび》えきっている子に敵ではないことをわからせ、協力してもらえるのか。

「早く。もっと奥へ入って」孔泉が切羽詰まったような声で叫ぶ。玖理子は冷や汗をかきながら何度も唇を舐《な》める。

「お願いだから動いて、なかに入れてちょうだい。ね、わたし達を匿《かくま》ってくれたらなんでもしてあげる。なんでもあげるから。嘘《うそ》じゃない、わ、わたしは副知事よ。うちの県では二番目に偉いから、大概のことはできるわよ」

青ざめながらも子どもの表情が動いた。濃い眉の下にあるアーモンド形の目が軽く瞬くと、さっと立ち上がって奥へと体をずらす。すぐに玖理子があとに続き、孔泉が身を滑り込ませ、カーテンを引いてドアを閉めた。

　安堵の息を吐く間もなく、閉めたドアの外側で男の声がした。あやうく悲鳴を上げるところだった。玖理子は左の掌《てのひら》で口を押さえ、軽く目を瞑る。三人は四十センチほどの幅のスペースに横並びに立って、揃って息を詰めた。

「暗いな。二階の電灯も点けるよう事務室に詰めているやつにいった方がいい。これじゃあ確認のしようがない」

「そうだな。連絡してみろよ」

「うっす」

　少なくとも三人の声がする。みな男だ。最後に返事をした人物はかなり若そうだ。玖理子は掌で口を覆ったまま、じっと息を殺す。

　ひっ。掌で覆っていたから音にならずにすんだ。びっくりして玖理子は目だけで隣を窺う。奥にいる少女が玖理子の右手を握ったのだ。湿った感覚があるから汗をかいているのだろう。細かな震えがその手を伝って感じ取れた。玖理子も強く子どもの手を握り締める。

「すぐ点けるってさ」

「そうか。じゃあ、奥へ行こう」

「この部屋はもういいのか」

「誰もいないよ。オープン前なんだし、この階には目ぼしいものだってない」

「だけど、きちんと確認しろっていってたよ」と若い声がおずおずという。

「だったらお前がやったら？」

やがて声が遠のき、ぱっと灯りが点った。小窓から電灯の光が差し込んでくる。高いところにあるので向こうから覗き込まれることはないが、それでも孔泉と玖理子は必死で身を屈めた。

「なんでこんなとこにカーテンがあるんだ？」

若い男の声だ。

目の前で話しかけられたのかと錯覚する大きさだった。心臓をぎゅっと握られたような苦しさが襲う。息を止めていられなくて、小刻みに胸を上下させた。右手に触れている少女から、細かな震えが伝わってくる。反対隣の孔泉の顔は扉の方に向けられ、表情はわからないが、両腕を持ち上げて向こうへと伸ばしているようだ。恐らく、少女が先ほどやったように、こちらから開かないように押さえるつもりなのだろう。だが、いくら力を入れても鍵がかかっていると思わせるのは無理だ。タイミングを計って襲いかかるのか。出来の悪いアスパラのようなキャリアでも警察官だ。県民を守る義務がある。

もちろん、と玖理子は唾を飲み込んだ。そうなったときは、自分も手を貸さなくてはならない。右側に視線を流し、少女を見つめる。治政を預かる立場である以上、この少女だけはなんとしてでも守らなくてはならない。孔泉が取っ組み合っている隙に、自分一人なら逃げられるかもと思ったことを完全に頭から消去する。

黒いカーテンが引かれる音がした。聞こえた途端、玖理子はさっきまでの強い決心が打ち砕かれるのを感じた。ああ、死にたくない。誰か、助けて、神さま。

「物置かな。へえ、こんな幅でドアがあるんだ」

そういって持ち手に指をかける音がした。

玖理子は目を瞑る。左手を拳にして胸に当て、右手に力を入れる。少女の体が密着してくるのを感じ、握っていた手をほどいて肩に回して引き寄せた。

「おーい、早く、こっち手伝えー」

離れたところから野太い声がし、扉の向こうで、あ？　というのが聞こえた。

「なに？」

「こっちのテラスに出るガラス戸を塞ぐのを手伝えって。シャッターがないからバリケード作るんだってよ」

「わかった」

小さな金属音がして、若い男が持ち手から指を離したのがわかった。

玖理子は腰が抜けそうになるのを壁で支えながら、長い息を吐いた。少女がそんな玖理子の腰にしがみつき顔を押しつけて、洟《はな》をすする音を立てた。泣いていたらしい。必死で我慢していたのだ。

　孔泉がゆっくり動き出す。

「まだ近くにいるかもしれないわよ」

　玖理子はそういって灯りの差し込む小窓へと目を向けた。「ちょっと待って」と孔泉を止める。

　少女を体から引き剝がし、顎を上げて顔をこちらに向けさせる。光が入ったことではっきりわかる。涙に濡《ぬ》れた黒目が不安で揺れているが、意志の強い賢そうな顔をしている。玖理子は大丈夫だ、と心のうちで頷き、「いい？　今、わたしがあなたを持ち上げるから、あの小窓から部屋に誰かいるか見てくれる？」といった。少女は、はっと引きつった顔をしたが、ちらりと小窓を見上げると玖理子にこくんと頷いてみせた。

　この子は状況がちゃんとわかっている。よし、玖理子は腹に力を入れる。実際、両腕で持ち上げるのは無理だったから、壁に手をつき、玖理子を踏み台にして上がってもらう。

「どうだ」孔泉が尋ねる。少女は左右に首を振る。そして小声で囁く。

「シアタースペースには誰もいない。第一展示室の方もいないみたい。第二展示室の方はここからでは見えないから、あ」

　玖理子の肩に乗っている少女が動きを止めた。

「なに？　どうしたの」

「廊下に誰かいる」

　第一展示室と第二展示室を繋ぐ廊下には天窓があり、そこから背後の山の斜面が間近に見える。外から見えないようにするためか、今はブラインドが下ろされているようだ。

　三人はいっせいに口を閉じた。長い沈黙のときが流れる。どれほど経ったのか、ようやく少女の安堵する声がした。「第二展示室の方に行ったみたい。大丈夫かも」

　ほう、と大きく息を吐く玖理子の上から、少女が慎重に床へと下りる。

「ここにいてください」

　孔泉はそういって、ドアをゆっくりと開けて外に出た。そして二分、いや一分もなかったかもしれない。ドアを開けると、「出て。今なら大丈夫そうだ」といった。

　玖理子は少女の手を握り、そっと出る。シアタースペースから第一展示室に戻って見回すが、確かに人の姿はない。

「さっきカフェのテラスのバリケードのことをいっていたので、そちらに集中しているのでしょう」

　だが、と孔泉は眉間に皺を寄せ、「いずれ見つかる」といった。そして視線を天井の隅に向けるので、玖理子も振り返って見上げた。そこには防犯カメラがあった。思わず舌打ちする。

「この位置は恐らく大丈夫でしょう。だが、セキュリティを司《つかさど》る事務室には、各部屋の映像が集約されている筈です。ヘタに動けば見つかるかもしれない」

「だったら、警察が突入するまでこの備品置き場に隠れていたら？」

孔泉は首を振る。「あいにくここは内側から鍵がかけられないようになっています」

「だけど展示室は確認し終えたのだから、もう戻ってこないんじゃない？」

「それはわかりません。よしんばここで待つにしても、救助がくるのはすぐとはいかない。この狭い空間では体力的にも生理的にもいずれ限界がくるでしょう。それに」

先ほどの男が、確認し直すために戻ってくる気がします、と付け足した。「だから急いで別の場所へ移動した方がいい」

「そんな」思わず反発しかけるが、目の前の男がテロや集団による犯罪を相手とする警備部長であることを思い出す。少なくとも玖理子よりは専門家、の筈だ。

孔泉はなぜか、少女へと目を向けた。泣き止《や》んだ顔はまだ恐怖に強張《こわば》っているが、少なくとも泣き喚いたり、取り乱したりする気配はない。

「カメラのない安全と思われる場所を知りませんか」

「は？　こんな子どもに訊いてどうするの」玖理子は口の片端を歪めかけるが、少女の黒目が光り、不安も戸惑いもなく真っすぐ見つめ返したのに、あれ？　と思う。

孔泉は細い目を更に細くした。

「君はこの美術館に勤める人、の筈はないから、その家族かな？」

少女はぱちぱちと瞬《まばた》きする。

「君は誰も入れない、建ったばかりの美術館に侵入していた。そして子どもひとり隠れるのに良さそうな備品置き場に身を潜め、更には第一展示室、第二展示室、シアタースペースという名称をごく普通に正確に使った。そういうことを自然にいえる一般人はそういない」

頬を微かに染めて、少女は小さく頷いた。

「今は君のことを詳しく訊くよりも身を隠すことが先決です。行きましょう。安全と思われる場所があるなら、我々をそこに案内してください」

少女が小さな唇をぐっと引き結ぶと、孔泉に頷いてみせる。そして先に歩き出した。

「壁際を歩いてください。あの隅にカメラがあるから、なるべく画角から外れるように」

孔泉が指示すると、少女はすっと身を屈め、壁に沿って歩き出す。後ろから細かく歩く場所を示しながら孔泉がついてゆく。ちらりと振り返り、「こないんですか、副知事」というのに、慌てて玖理子はあとを追った。

【午前11時47分・警備部指揮車内】

榎木孔泉は美術館のなかにいるのではないか。そんな疑いが濃厚となった。指揮車のなか、立川に並んで機器と向き合って座る悠真は、汗が滲《にじ》み出るのを感じた。あのとき、自分が目を離しさえしなければ、という後悔が幾度となく、湧き上がる。孔泉に万が一のことがあれば、悠真は処分を免れない。最悪、本部を出され、警備課どころか地域課に逆戻りとなる。いや、今はそんなことを考えている場合ではないと、自身を叱咤《しった》する。

事件発生後、間もなく一時間が経過しようとしていた。スマホに応答はなく、連絡も取れない。警備部の精鋭を集め、情報収集をさせたが孔泉の居所は杳《よう》として知れなかった。

スタッフが写していたビデオ映像を悠真は何度も確認したが、式典の始まる十分前から、事件が起きたあとまでのあいだ、どこにも映っていない。映像を停めた悠真は思いきって、「立川課長、もしかして部長は美術館のなかに」と、口にした。

立川は眉間にこれ以上深くは刻めないだろうというほどまで皺を寄せてみせた。

「とにかく、念入りに捜せ、志倉。もしかすると一般人に交じって救急搬送されているかもしれん」

「は、はい」

爆発が起きて、会場は大混乱となった。現場にいた悠真らと美術館スタッフとで避難誘導したが、混乱のなかで転んで負傷した人など要救助者も相当数いた。次々に救急車で搬送したが、病院はあちこちに分散されている。既に、問い合わせたのだが、それでも立川はタイムラグで把握できていないのかもしれないと、僅かな望みを抱いている。

為末が難しい顔をして立川を眺めているのに気づく。もう諦めているのだ。悠真はそうと察して拳に力を込めた。よもや警備部長が人質になるなどあってはならないのに。

そのとき立川がぴくりと反応し、素早く左胸に手を当てるのが見えた。内ポケットからスマホを取り出し、画面に目をやる。滅多に動揺しない立川が目を剝《む》くのを見て、悠真は思わず腰を浮かしかけた。周囲の課員らも慌てて口を閉じ、為末も後ろから体を寄せてくる。

立川が捜査員をさっと見渡したあと、「榎木部長からだ」といってタップし、スピーカーにした。

「部長、今、どちらです？」

——立川さんは指揮車ですか。

孔泉の声は落ち着いている。悠真は口を掌で覆いながら、思わず良かったと呟く。全身から緊張が解け、やっと息ができる気がした。周りの捜査員も、やれやれという風に力を抜く。

立川も和らいだ表情で、「そうです。怪我《けが》はされていませんか。今から迎えをやります。どちらですか」といった。だが、「うん、それは無理かな」といわれて、悠真は動きを止めた。立川の目が険しいものに変わる。もしや爆発をまともに受け、酷《ひど》い怪我を負ったのか。

——僕は今、美術館のなかです。

唖然《あぜん》、という空気が車内を覆った。悠真を含め、全員が声も出せず、瞬きも忘れた。狭い車内ということもあって熱気が充満し、こめかみや脇から汗が流れる。

——聞こえていますか？　僕は、美術館内に隠れています。現時点では、立てこもり犯に僕らの存在は知られていません。僅かですが犯人を写した動画を送ります。加えて今から、わかっていることを知らせます、いいですか立川さん。

悠真が泡を食って立ち上がりかけると、顔を赤くした為末が邪魔だとばかりに肩を押さえつけ、立川の方へと身を乗り出した。お、重い、と口のなかで呟く。

周囲の捜査員もざわめき出したが、立川は普段と変わらない落ち着いた声で、「わかりました。お願いします」と答えた。

――立てこもり犯は複数。十人には満たないかと思われます。全員、同じような黒っぽいジャージを着て、狐の面をつけています。色が様々な面ですが、赤い狐面の人物がリーダー格のように見えました。

先輩がペンを取るのを見て、悠真も慌ててメモを出した。ペンを握る手が粘つく。

「狐面か」と呟いた為末が、指揮車の後部で控えている公安課員に対象者リストを当たれと指示するのが聞こえたが、悠真はそちらに目も向けず孔泉の声に集中する。

――全員、男性かどうかはまだわかりません。声からして年齢もまちまちのような気がします。ちらっと見た程度なので確かとはいえませんが、ライフル銃のようなものを持っていました。全員ではないですが。犯人らは入ってくるなり、一階事務室にあるセキュリティシステムを攻略したようです。外からの侵入は難しいかもしれませんが、そちらに美術館関係者がいるでしょうから確認してみてください。

「了解です。それで部長」

――はい。

「先ほど、僕らといわれた。部長以外にも誰かそこにいるのですか」

ふっと息が漏れる音が聞こえた。笑ったのか。

――さすがは立川さんですね。たぶん、あなたが捜査指揮を執るだろうと思っていましたよ。ええ、僕以外にもうっかり逃げ遅れた者がいます。

全員、黙って耳を傾ける。

――一人は副知事の秦玖理子さんです。一応、確認のために。

スマホを渡す音がして、すぐに甲高い女性の声が聞こえた。

――副知事の秦です。現在、榎木警備部長と行動を共にしています。今のところ体調に問題はありません。太田本部長に早急なる事件解決を望むと伝えてください。

再び、孔泉の声に替わる。

――もう一人は小学生と思われる女児です。どうして美術館内にいたのかは不明ですが、途中で合流し、今は我々と共にいます。

悠真はにわかに体のどこかが震え出すのを感じた。榎木部長だけでなく、副知事に小学生まで？　三人があの美術館内に囚《とら》われているというのか。とんでもない事態に、困惑より畏怖が湧いてくる。周囲を見ると、ベテランの主任や先輩らが表情ひとつ動かさず、全神経を集中させているのがわかった。悠真は、冷静になれと自身を叱咤する。

色とりどりの風船と式典会場に現れた秦玖理子の姿が想起された。ベージュのスカートスーツに、白いブラウス、ベージュのパンプス。上着の襟元には県章のバッジ。パーマをかけた肩までの明るい茶色の髪。目元を誇張するような化粧で、意志の強そうな口はいつも開いていて、常に喋っている印象があった。

立川の「了解しました」と答える声を聞いて、はっと意識を戻す。

——それで立川さん、このスマホが使えているあいだ、色々、してもらいたいことがあります。

「わかりました」といって、スピーカーをオフにして耳に当てた。そして右手を振って、警備課員らに、早く動けと指示する。悠真も立ち上がるが、なにをしていいかわからずおろおろする。課員らが口々にいう。

「秦副知事が本物か確認しろ」

「美術館内の図面は手に入ったか」

「ここにあります」と悠真がすかさず声を上げる。

「設計に携わった者も呼んでこよう」

「セキュリティ会社の人間もだ」

「銃の入手ルートを刑事部に確認しろ」

慌てふためくということはないが、みなさすがに上司が館内にいるとわかって動揺は隠せない。

電話を終えた立川がすっくと立ち上がって口を開いた。悠真も他の捜査員も動きを止めて耳を傾ける。

「いいか。部長と副知事、子どもの三人が美術館内に潜んでいるということは決して敵に知られてはならんぞ。知られたら最後、三人は人質となり、最悪、犠牲となる」

悠真を含め捜査員は一様に顔を強張らせるが、そのなかから野太い声が問う。

「それはわかるが、本部長には知らせるべきだろう」

為末の目を見ながら立川は首を振った。「もう少し様子を見てからにしよう。部長達が人質になる可能性があるとわかれば、特別捜査本部となって責任者は本部長になる。そうなるとわたしがここで指揮を執れるかわからない。しかも、大ごとになるとそれだけ情報が漏れるリスクも高まる。全国区で騒ぎとなりマスコミも大挙してくる。連中を刺激して、ヘタに部長らを危険に晒《さら》すのは避けたい」

「確かにそうだな。今の段階なら過激な集団による立てこもりで、人的被害はないと思われているだろう」

悠真は部長らが雁首《がんくび》揃えて話し合ったときの、本部長のどこか他人事《ひとごと》めいた言動を思い返した。知事にいい顔ができればいいだろうという様子だった。

為末だけでなく、車内にいる捜査員はみなそれぞれ頷く。再び、動き出したのを見て、悠真も先輩のあとを追おうとしたら、立川に呼ばれた。

「志倉、お前は横にいて補助をしろ」といわれる。

「え。は、はい」

そのとき入電があった。ヘッドホンを装着した捜査員が応答して、立川に顔を向ける。

「通信指令室から犯人と思われる人物が一一〇番してきました」

「こっちに回せ」

立川と為末が揃って椅子に座る。悠真は機器を置いた机の前に座り、指示されるまま録音のスイッチを入れる。そしてメモ帳を引き寄せペンを握った。立川がマイクの先を手に握り「繋げ」と告げた。

スイッチが切り替えられ、録音が始まると同時にスピーカーから男の掠れた声が聞こえた。

——捜査の指揮を執っているやつか。

「そうだ。立川という。お前は誰だ」

——赤狐《セキコ》と呼んでくれ。

「セキコ？」

——赤い狐と書いてセキコだ。俺らは全員狐の面を被《かぶ》っているのでね。

「わかった。で、君らはなにが目的だ。なぜ美術館を占拠した」

——今から要求を述べる。

「要求だと？　自分達のしていることがどういうことかわかっているのか。誰もいない美術館に立てこもっただけで、なにが要求だ。妙な真似はせず、武器を捨てて投降しろ」

――無駄な話をする気はない。我々の要求に応じるかどうかは、もっと上と相談してから返事してくれ。ではいうぞ。ひとつ、美術館が所蔵している作品及び竣工したばかりの建物の身代金として現金で十億円用意しろ。ひとつ、開館記念として東京国立美術館から借りて展示している器、『藍塩釉《あいえんゆう》花瓶』が盗作であることを公に認めさせろ。以上だ。

「なんだと。どういうことだ。もう一度いってくれ」

――この二つが聞き入れられない場合は、ここにあるものを全て、美術館ごと破壊し尽くす。

「待て。話を」

電話は切れた。課員が、「スマホからですので、すぐに所有者を割り出します」というのに、立川は浮かない顔で頷く。どうせ盗んだスマホか、プリペイド式か、闇で取引されている所有者不明のものだろうことは、悠真でも想像できる。

「非通知にしていないな」と立川が呟いた。悠真が首を傾げると、隣にいる先輩が教えてくれる。

「連絡してきても構わないということだ。犯人側に交渉に応じる姿勢が見て取れる、それはつまりそれだけ時間的な猶予を得られるということだ。テロ対策にとっては大いなるプラス事項になる」

「そういうことですか」

なのに横から為末が、いわなくてもいいことを口にする。

「誰もいない美術館と強調することはなかったんじゃないか。らしくないな、立川」

立川は鼻息だけで返事する。自分達のトップが危険に晒されようとしているのだ。動揺しない方がおかしい。為末に比べて立川はまだしも人間的なだけだと、悠真は胸の内で口答えする。

「ところで立川。十億はともかく、そのエンユウなんとかってのはなんだ」

「志倉」と立川に呼ばれた。悠真はすぐに手元にある資料のなかから、今回展示されている作品の図録を取り出して渡す。館長を呼んできますと誰かが車を出てゆく。式典に出席していた美術館関係者には、ひとまず少し離れた場所に停めているバスで待機してもらっている。

図録の一番初めに掲載されているのは県が購入した、海外の造形アーティストの作品数点で、聞いた話によると合計で二十五億円ほどしたという。写真には、鋼らしき棒状のものが何本も立ち並んでいる作品やブロック塀のようなものに抽象画が描かれている作品などがあった。これらが二十五億円？　という批判がいっとき県内を賑《にぎ》わしたのを思い出す。悠真が見ても、どこにそれほどの値打ちがあるのかさっぱりわからない。こんな事件が起きなければ、美術品というものに興味を持つこともなかった。

立川が眼鏡を上下させながら、件の器の写真に目を凝らす。

「確かに風情があるな」

為末が気のない言葉で感想を吐く。立川は作者名に視線を落とし、悠真は手元のパソコンで検索して、その器と作者の履歴を取り出した。立川の眉間に皺が寄るのを見て、悠真や為末同様、芸術作品のことに詳しくないのだろうと察する。

「佐伯子風《さえきしふう》、か」といって立川は顔を上げた。車内にいる警備課員と公安課員が同時に目を大きく開く。その目は子風について調査させてくれといっている。まるでおやつをねだる犬のようだなと悠真は思った。

立川が口を開き、そのままひと呼吸置くと、「捜査一課長を呼んできてくれ」と告げた。為末ががっかりしたように、両手を挙げて椅子の背もたれに深く沈むのが見えた。

【午前11時37分・美術館内】


孔泉の推理によって、備品置き場に隠れていた少女が美術館関係者の家族らしいとわかり、加えてこの建ったばかりの美術館について詳しいということが知れた。

狭い備品置き場を出たあと、少女に従って第一展示室と第二展示室を結ぶ廊下の隅にある一枚のドアに身を寄せる。

「鍵がかかっているんじゃ」といいかけた玖理子の目の前で、少女はなんなくノブを回して扉を押し開いた。唖然としている隙に、少女、孔泉がなかに飛び込み、慌てて玖理子もなかに入る。

かなりのスペースがある。

床にはカーペットが敷かれ、木材で作られた棚が壁際に広がる。今はなにもないからひと目で見渡せるし、隠れる場所はない。

「ここはなに？」

玖理子は、身長一四〇センチほどの少女の背中を見て、改めて周囲に目を向けた。

玖理子の疑問に答えるように、「なるほど。展示準備室ですか」と孔泉が呟く。少女が頷いた。

「展示準備室？　なにをする場所？」

「通常、作品を保管するのは半地下にある収蔵庫です。ですが二階で展示をする際、いちいちエレベータで下から運んでくるのでは手間もかかるし、時間もかかる。展覧会の会期は次から次にと予定されているし、前期後期で展示物を入れ換えるパターンもある。そんなとき、前もってここに次の作品を置いておき、展示作業が始まればすぐに取り出して設営できるよう待機させておく」

「ああ。つまり一時保管庫ということね」

「そういうことです」

孔泉がちらりと視線を落とす。少女が見上げるようにして小さく頷いて同意する。

「ここならカメラもないから」

「そんなことも知っているの？」

玖理子はきょろきょろと天井を見回す。少女がにっと笑って付け足した。

「美術館のセキュリティは基本、人間の目だから。作品の状態なんかはカメラではわからないし、体で感じる湿度や空調は機械の数値とは違うこともあるし」そう説明する少女は、どことなく胸を反らしている風に見える。

孔泉が更に足す。「防犯上、最低限度のカメラとかセンサーは設置されているでしょうが、他の一般的な施設に比べれば少ないかもしれませんね。スプリンクラーもないでしょう」

ここにくるまでに見かけたカメラも、ロビーと展示室に設置されているものだけだという。

へえ、と玖理子は二人に感心した目を向けた。少女ははにかんだ顔で目を瞬かせる。

「なるほどねぇ。職員が直接見て回るのがセキュリティ対策か。わたし達が考える防犯対策とは少し違うわね。でも、カメラが少ないのは、今の状況下だと少しはほっとする」

しかもこの部屋は施錠もできるし、反対側にも搬入用エレベータへ繋がるドアがあって、こちらも内側から鍵をかけられるらしい。

「鍵がかかっていないと、よくわかったわね」

玖理子は少女を見た。

「さっきここを調べていた人が鍵をかけなかった気がしたから」

なるほど。備品置き場の小窓から、点検していた犯人の動きを見ていて、施錠されなかったことに気づいたのだ。カメラもなく、内側から鍵のかけられる準備室なら安全だろうと、そのときから考えていたのだとすれば、大したものだ。度胸があるだけでなく、頭もいい。

「鍵をかけ忘れるなんて、犯人もうっかりだわね」

「いえ。恐らく、犯人は全ての部屋のロックを外している筈です」と孔泉が口を挟む。

「どうして？」

「万一の場合、部屋に鍵がかかっていて入れないのでは、犯人側にとっても不利ですから」

「そうか」

「じゃあ、ここも鍵をかけたらマズいんじゃ」

「開けたままの方がリスクがあります」

「そうかもしれないけど、また調べにきたら」

孔泉は軽く首を傾ける。

「一度調べたのだからもう誰もこない、といわれたのは副知事です。わたしも今はそちらにかけていいかと思います。たとえ、再び敵がやってきたとしても、ここはドアが二つある」

「そうか。どちらか一方から逃げることは可能っていうことね」

少女がなにかいった。玖理子は濃い眉の下にある綺麗な目を見返した。頬を伝っていた涙は消え、少しだけあとが残っている。

「なんて？」

「本当に、副知事なの？　それってうちの県の偉い人ですよね」

玖理子は思わずスーツの上着の裾を引っ張って整える。腰のポケットにつけていた赤いリボンは邪魔なので引きちぎって捨てた。

「そうよ。副知事の秦玖理子です」

少女はちらりと隣に視線を向ける。「この人は、警察……？」

制服を着ている孔泉は疑問形で問われたことが心外だったのか、「もちろんそうだ。榎木孔泉という」と口調が硬い。更に、本物？　と問われて、仕方なさそうに内ポケットから警察手帳を取り出して見せた。

「良かった、警備員さんかなとも思ったから」というのに、玖理子は思わず口元を弛める。

「それで、あなたのお名前は？」

玖理子が覗き込むように顔を見ると、少女は頬を赤く染め、唇を引き結ぶ。あれ？と孔泉と顔を見合わせる。なおも「ご家族が美術館の方で一緒にきて巻き込まれたってことなんでしょう？　今、ご家族は？　なかに入ったのはあなただけ？」と訊くが答えようとしない。

「せめて名前は教えてもらわないと、危急の際に呼べず困ることになる」と孔泉が事務的に告げる。

「……凜《りん》」とだけ小さく返ってきた。下の名前？　苗字《みようじ》は？　と尋ねると横を向く。

「いいでしょう。ひとまず凜さんですね。小学生ですか」と警察官らしく尋問を始める。

凜はあからさまに嫌な顔をする。

「女性に年齢を訊くのは失礼ですよ」と玖理子はいい、凜に微笑みかけた。そして肩に手を置き、「とにかく、凜ちゃんのお陰でわたし達はひとまずリスクを回避できたんだから、お礼をいうわ。ありがとうね」と親しげな口調を繰り出した。ここは女性同士という気安さで、凜の信頼を得るのが大事だと判断する。孔泉も玖理子の考えに気づいたらしく、黙って引き下がった。

絵や彫刻などを置いておく場所なので、座る椅子などない。

棚板の上に、玖理子は凜と並んで座る。孔泉は少し離れた場所に立って、スマホを操作し始めた。それを見て玖理子もスマホを取り出す。

「副知事、外への連絡は一本に絞った方がよろしいでしょう。県庁までが動き出すとややこしくなるし、万一、わたしのスマホが充電切れになった場合、副知事のを使用したいので」

むっとしながらも、もっともだと思いスマホの電源を切ってポケットに戻す。隣で凜がその様子を見ているのに気づいて、「凜ちゃんはスマホ持っていないの？」と訊いてみた。ショートカットだが前髪が長く、指で左に流すようにしながら、「中学生になったら買ってくれるって、お父さんが」と少し残念そうに答える。

「ふうん。まあ、うちの県の小学校は持ち込み禁止だしね。わたしも必要ないと思うわ」

「でも、スマホがあればGPSで居場所が確認できるし、怖いことが起きたときもすぐに警察に一一〇番できる」

「うー」といって顎に指を当てる。「そういう利点もあるでしょう。だけど小学生のあなた達に、TPOを弁《わきま》えたスマホの使い方ができるとは思えない。結局、ゲームやLINEにしか使わないでしょうし」

「TPOって？」

「使ってはいけない場所や時があるということ。それらをちゃんと理解し、常識に基づいた使い方をするのは小学生には難しいと思う」

「そうかな。駄目だといわれたら使わないけど」

「凜ちゃんはそうかもしれないけど、みんながみんなそうじゃないわ。中学まであとちょっとでしょ、我慢したら？」

「ちょっとじゃない。二年もある」

小学五年生か。孔泉は、玖理子に軽く頷いてみせたあと、背を向けた。応答があったらしく、微かに声が聞こえた。孔泉が問いかける。

「立川さんは指揮車ですか――」

【午後0時12分・警備部指揮車内】


刑事部捜査一課及び二課が、陶芸家佐伯子風について調べることになった。

悠真が後ろを窺うと、狭い場所にどっかと座り込んだ為末が、鼻息荒く、あからさまに不服そうな顔をしている。為末を気にする悠真に気づいたのか、立川が軽く後ろを振り返った。

「なんだ為末、まだ不満なのか」

「まあな」

「お前も、連中のやり方が我々と違うのは承知しているだろう」

「それがなんだ。俺達がやつらに劣るというのか」

「そうじゃない。我々のように真綿で首を絞めつけてゆく方法でなく、獲物を見つけたなら躊躇《ためら》いなく襲いかかる肉食獣としての力が、今のこの状況では必要だ」

刑事部長から嫌みないい方をされたのを根に持っているのか、立川の言葉は辛辣だ。

だが、なるほどと悠真は、時折、廊下ですれ違う私服姿を思い出して納得する。所轄の地域課から署の警備課へと異動し、そのまま本部にきたから刑事のことはよく知らないが、確かにどの刑事も人相風体が上品とはいいがたい。本部にきて間もない悠真のことをうさん臭そうに睨みつける目は、確かに猛獣に近いだろう。

為末は軽く肩をすくめ、「いいさ。今は、立川警備課長がこの事件の指揮官だから文句はいわんさ」と答えた。立川は軽く口端を弛める。悠真から見れば、この為末だって獲物に真っ先に食いつきそうな感じだが、と思ったところで車の後部ドアが開く気配がした。

「館長の行田《いくた》さんにきてもらいました」と声がかかる。

こちらへと立川がいって、悠真とのあいだに座らせた。

新生美術館館長の行田善信《よしのぶ》は今年七十七歳、白髪頭の骨ばった人物で、県立芸術大学学長経験者であるせいか双眸《そうぼう》が知的に光る。立川はすぐに図録を見せ、この器について知っていること全てを教えて欲しいと告げた。

行田は眉根を寄せ、「知っていることといわれましても、この説明書きにある以上のことはあまり」という。

「では、この作者佐伯子風についてお願いします」

ああ、と呟き、それから一気に話し始めた。学長をしていただけに、滑舌はなめらかで要点をかいつまんだ簡潔な話しぶりだ。悠真もじっと耳を傾けながらメモを取る。

佐伯子風、現在、八十三歳。陶芸家。文化勲章受章者で、昨年まで日本陶磁芸術協会会長に就いていた。高校を卒業して、県の陶芸家、小谷野沙風《こやのさふう》（本名小谷野継雄《つぐお》）に弟子入り。研鑽《けんさん》を積み、師匠の沙風が亡きあと、作陶した作品『藍塩釉花瓶』が国内外で絶賛され、四十一歳のとき陶芸界の最高賞といわれる日本陶磁展における最優秀賞を受賞する。その後、子風の作品が数点、皇室に献上されたことで箔《はく》がつき、代表作である『藍塩釉花瓶』も東京国立美術館が収蔵することになった。今もっとも人気のある陶芸家の一人で、高齢のため作陶数が限られる昨今、その値段はますます上昇している。

「なるほど。それで今回のオープン記念に国立美術館から借り受けられたと」

立川が問うと、行田は額の汗をハンカチで拭いながら頷いた。

「なにせ佐伯子風先生は、地元の雄ですから。本来なら常設展として展示すべきところ、先生の名だたる作品が既にあちこちの美術館や好事家の元にある関係から、うちで収蔵する作品だけでは数が揃わず、誠に情けない話ではあるのですが。まあ、そういったことから、せめて今回のオープン記念だけは格好をつけようと、子風先生の代表作を展示することになりまして」

「ようは有名な方なんですね」

門外漢の悠真には、館長がそれほど汗をかくことなのか今ひとつピンとこないが、ともかく著名な作家で、今美術館内にある作品も相当な値打ちものだということだけはわかる。

「不躾《ぶしつけ》な質問ですが、その塩釉なんとかの値段はいかほどになりますか」と立川が尋ねた。

館長は眉間に深い皺を寄せ、「いくらとかそういう問題ではないのですが。いや、まあそういうところをお聞きになりたいんですね。そうですね、まあ、数千万といっておきましょうか」とだけ答える。

美術品の値はあってないもの。欲しいと思う人が競り上げれば、いくらになるか知れないという。悠真は、写真の青い歪んだ形の器を見て、理解できないという風に首を傾げる。立川が軽く咳払いして、それでは肝心な話ですが、と館長の顔を見つめた。

「その塩釉とかいう作品ですが、盗作であるという可能性はありますか？」

「は？」といったきり動きを止める。顔の中心に全てのパーツを引き寄せ、数十秒ほど黙り込んだあと、大きく息を吸うと低い声で、「そんな話は聞いたことがありません。うろんな連中、陶芸家崩れの誹謗中傷《ひぼうちゅうしょう》、讒言《ざんげん》のたぐいでしょう。有名作家にはよくある話です」とだけ答える。

「そうですか」

「なぜ、そのようなことをお尋ねになるのですか。美術館が占拠されていることとあの器がなにか関係しているのでしょうか」

立川が、ここだけの話でお願いします、といって少しだけ身を寄せる。犯人側の要求を伝えると、立川と悠真に挟まれた行田は絶句し、数秒黙したのち、顔を真っ赤にして憤る。

「意味不明だ。なにをわけのわからないことをいっているんだ。そんなもの証明のしようがないじゃないか。だいたい盗作などといったたわごと、いったいなにをもっていっているのか、こんなことでは」と延々と文句をいい続けそうな様子を見て、立川が掌を向けて黙らせる。悠真は、慌てて足下に並べている箱からペットボトルを一本取り出し、差し出した。震える手で受け取ると行田は、すみません、といって蓋を開けた。

落ち着くのを待って、立川が低姿勢で頼む。

「その件に関してはこちらでも精査します。他にも美術館内のことや美術品、また犯人を特定するのに参考になることなど色々伺いたいことがありますので、行田さんにはしばしこの指揮車にいていただけますか」

途端に行田は、力なく両肩を落とす。

「わかりました。わたしにできることであれば、なんでも致します。一刻も早く、どうか美術品を無事に取り戻していただきたい。あそこにあるものはみな金では換算できない貴重な品ばかりなのです。我が県の大切な宝なのです。どうか傷つけることなく救い出してください。よろしくお願いします」と頭を下げる。

「では、まず美術館のスタッフというのですか、職員の方の名簿などありませんでしょうか。できれば家族関係までわかるような詳細なものがあればいいのですが」

立川の問いに行田は、「はい？」と小首を傾げた。

孔泉が調べるよう指示してきたのは、美術館関係者のことだ。

孔泉は関係者を疑っているのかと悠真は思ったが、立川はなにもいわず、了解と返事した。

美術館に勤める職員名簿から、小学五年生の子どもを持つ職員をピックアップさせる。家族構成などを聴き取りながら、悠真は行田の思案顔を見つめた。美術館には館長以下学芸員など多くの人間が働いている。管理部門の職員や事務員に加えて、警備員、清掃係、受付係、カフェやショップの店員などは派遣社員や外部委託で賄っている。それ以外にも美術品搬入のための業者が出入りする。館長といえども、全ての人間の身上経歴を把握しているわけではないようだ。

「やはり管理部門の人間に尋ねた方がいいでしょう」

「なんという方ですか」と悠真が訊くと、「係長の麻生というものです」と答える。瞬時に、先ほど短く会話した細身の神経質そうな男を思い出す。

間もなく、麻生が指揮車にやってきた。詳しい説明もしないまま美術館職員のことを教えて欲しいというと、不安そうな表情を浮かべる。ひょっとしてうちのスタッフが事件に関係しているのかと思ったのだろう。だが、立川らはなにも教えないし、もちろん悠真も余計なことはいわない。麻生は眉根を寄せ、促されるまま何人かを挙げた。

「ただし、警備員や清掃会社社員、派遣社員の家族構成までは知りません」

「ご存じの範囲で構いません。今日の式典にこられている関係者のなかで小学生の女のお子さんをお持ちの方はどなたですか」と悠真は更に問う。

「えっと、そうですね。展示企画課の樋口《ひぐち》さんには子どもが三人いて、確か女の子もいたと思いますが」

　いい終わる前に、為末の部下がその職員を捜しに飛び出すのが見えた。五分もせずに戻ってきたが、孔泉のいう年齢の女児ではなかった。それを聞いた立川が、「では式典にこられていない人のなかでは」と尋ねる。そうか、子どもだけきている場合もあるかと悠真は気づく。

「そうだな。キュレーターの野々川《ののかわ》くんが、今日、急に腹痛だとかいって休みましたよ。式典の、ある意味実行責任者なのに。まあ、それまでの心労がたたったのかと」

「野々川秀平《しゅうへい》さんですか」悠真は名簿から見つけ出して確認する。「その方の娘さんはいくつですか。小学五年生でしょうか」

「え？　えっと、そう、たぶん。再来年、中学だとかいっていたのを聞いた覚えがありますね」

一分もせずに、為末が首を振ってみせた。公安が把握する危険人物のリストに、野々川秀平の名はないということだ。立川が、「頼む」と短くいうと、為末がすっくと立ち上がった。

「任せろ」

そういって為末が後部ドアから出て行くと、公安課員がみな、音もなく車を降りて行った。人物の背景を調べるのなら公安に勝るものはない。悠真らは安心して待てばいい。

「他に式典に出る予定だったのが、急にこられなくなったという関係者の方はいませんか」念のため、悠真は質問を続けた。

「えっと。……いないと思います。いませんね」

悠真が立川に確認するよう顔を向けると、小さく頷き返した。そのまま立川が視線をスマホの画面に移し、孔泉の番号をタップするのがわかった。

【午後0時34分・美術館内】

今度は孔泉のスマホがバイブした。立ち上がって応答し、小声でやり取りをする。その様子を玖理子と凜は見つめた。

電話を終えてこちらを向くのを待ってから訊いた。

「外の様子はどうなの？」

孔泉は、棚板に腰掛けている玖理子の前に直立した。

「犯人側から要求が出ました」

「お金？」

「はい」

現金十億と『藍塩釉花瓶』が盗作であることを公に認めさせることを要求しているのだという。

途端、凜が激しく動揺した。それが美術品の名を聞いたせいだということは一目瞭然だ。孔泉の目がにわかに険しくなる。

を見つめる。

「凜さん、野々川凜さん」

苗字を呼ばれて少女の体は電気を帯びたように跳ねた。そして大きく目を開いて孔泉を見つめる。

「君は県立美術館のキュレーター野々川秀平さんの娘さんだね」といったあと、詳細を続ける。「この美術館の南側にある福良《ふくら》町のマンションに父親と二人暮らし。現在、小学五年生で十一歳。母親は二年前に他界」

あえて個人情報を告げて全てわかっていると強調する。どうやら孔泉は最初の電話のあと、こっそりＬＩＮＥで少女の身元を調べるよう指示したらしい。こんな短時間によくわかったものだ、さすがは警備部と玖理子は思わず感心する。だが、凜はかえって孔泉に反発する気持ちを強くしたのか、顔を真っ赤に染めて怒りに目を吊り上げ、ぷいと横を向いた。

キュレーターの娘。欧米でキュレーターといえば美術館内では結構な地位にあって、芸術一般の知識も豊富で館の維持、管理など全てを任される名誉ある役職だ。だが、日本ではまだそういう見方はされておらず、学芸員に近い立場ではなかったか。

玖理子は野々川凜を見つめる。この子の父親なら恐らく三十代後半か四十代。館長が七十後半の元芸大学長だから、職員のなかでも中堅くらいだろうか。式典にもスタッフとして参加していたのだろうが、それらしい姿は見なかった気がする。

「美術館が開館するから一緒に式典を見にきたのかな。お父さんはあなたが見えなくなってきっとすごく心配しておられるわね」

凛は顔を俯《うつむ》け、黙り込む。

「あなたがここにいることを連絡しておいた方がいいわね」玖理子は孔泉を見上げる。

「駄目」といきなり叫ぶ。「えっと、あの。パパはお休みで家にいるから。あたしのことは知らないと思う。だからいわなくていい」と口早にいう。

そんなわけにはいかないだろうと思うが、あえて突っ込まないことにする。

「パパは美術館のスタッフなのに式典をお休みしたの？　具合が悪くて寝ておられるのかな」

凛はこくりと頷く。

「そう。でも美術館好きのあなたは、諦め切れずにきてしまった。それでたまたま忍び込んだら、こんなことになってしまった、とそういうことかな？　驚いたでしょうし、怖かったわね」

でも大丈夫、わたしがいるし、警察官の榎木さんもいる、絶対、無事にここから出してあげる、と力強く肩を揺すった。凛は揺すられるまま力なく体を動かし、そのまま玖理子の体に寄りかかると腕に顔を押しつけてきた。泣き出したようだが、気づかれまいと必死で声を殺している。玖理子は胸に迫るものを感じ、そのまま両手で体ごと包み込み、何度も呟いた。

「大丈夫、大丈夫。無事にお父さんと会えるから。必ず会える」

待っているだけというのも不安だ。ドアの向こうに、銃を持った犯罪者がいると思うとなおさらだ。玖理子は気持ちを紛らわせるように、平静を保ちながら口を開いた。

「確か、来週から、上村松園《うえむらしょうえん》展だったと思うけど。ここになにもないのはどうしてなのかしら」

文化振興課の職員から開館セレモニーについての説明を受けたこと、そのなかで今週は常設展のみだが、次の予定で企画展があったことを思い出した。棚や台車しかない広い展示準備室のなかを歩き回ってみる。

床に三角座りしていた凜が、「搬入は明日からだって聞いている。でも遅れるかも」と答えた。そうなの、と玖理子がいうと、孔泉がなぜか興味を示してきた。

「明日？　ずい分、ハードなスケジュールだな。通常、一週間、展覧会の規模によっては十日も二十日も前から搬入、準備するものじゃないのか」

「そんなこと知らない」

凜の答えがいやに早い気がして、玖理子は孔泉を見るが、なにかに気を取られているのか茫洋《ぼうよう》とした顔つきだ。まあ、この男ならそれが普段の姿なのかもしれないが。ただ、この美術館についての下調べはきちんとしているし、最初こそ爆発に戸惑っていたが、玖凜と遭遇して以降は、冷静沈着な態度を維持している。警察官なら当然のことだが、玖理子にしてみれば安全にここを出るためには重要なことだ。この美術館から、一刻も早く無事に脱出したい。

なにげなく奥のドアを見る。その向こうはバックヤードで地下から上がれる搬入用エレベータがあり、内部階段もあるらしい。玖理子はドアに耳を寄せて向こう側の様子を窺う。そしておもむろに腕を組んで思案顔をした。

「ねえ、地下は？　地下はどうなっているの？」

「どうとは？　ほとんどのスペースが収蔵庫となっていて、あとは警備員室、機械室などがあると思います」と孔泉は答える。

「つまり搬入用の出入口があるのでしょ？」

「そうです。職員用の出入口も」

「だったら、そこから脱出できないかしら。セキュリティとかのコントロールは一階奥の事務室にあるっていったわよね。だったら、地下には用がないから誰もいないんじゃない？」

「どうでしょうか。地下といっても斜面を利用しているので、道路から直接、車が乗り入れられるようになっています。当然、真っ先にシャッターを下ろした、いや、搬入が明日なら最初から閉めているでしょう。職員用出入口もロックされていますよ」

「でも警察がすぐ向こうにいるのでしょ。あなたから連絡して、ドアなりシャッターなりをこじ開けるようにいってくれたら」

孔泉は元々あまり表情がないから大して気にならないが、小学生の凜が大人びた風にため息を吐きながら肩を落とすのには、むっとした。なによ、と唇を尖らせると凜がいう。

「そんな音を立てれば、犯人にすぐバレると思う。三人全員が脱出する前に、鉄砲で撃たれる」

玖理子はうー、と唸《うな》り、「そうだった。相手は銃を持っていたんだ。あれ、本物よね」と訊く。孔泉は頷きはしなかったが、「そう思っていた方がいいでしょう」と答える。

「でも、でもね、警察がいっせいにかかれば犯人がくる前に」

もういい、といわんばかりに孔泉が言葉を被せてくる。「副知事、ご承知でしょうが突入は最後の手段です。あくまでも交渉で解決を目指すのが警備部の、少なくともわたしのいる警備部の基本姿勢です」

「わ、わかってるわよ。だけど交渉っていってもねぇ。どうせ取引には応じないでしょう?」

「恐らく」

「だったらどんな交渉ができるというの」

「金銭はともかく、もうひとつの要求には答えられる可能性があります」

「ああ、地元の陶芸家の作品が盗作だっていう話」

犯人のいうことなど信じられないわ、と玖理子はあえて凜に首を振ってみせる。凜は目を瞬かせて、そっと視線を膝頭に落とした。

「芸術音痴のわたしでも知っている作品よ。確か、なんとか子風という地元の作家が若いころに創ったものよね。いやしくも文化勲章までもらうような芸術家が、盗作なんてするとは思えない。犯人たちは出鱈目《でたらめ》をいって、捜査陣を混乱させようとしているだけよ」

「そうでしょうか。凜さんはどう思いますか」

凜が身じろぐ。「なんであたしに訊くの」

「あなたのお父さんはキュレーターです。きっとあなたも芸術作品に対する造詣が深い筈だと思うからです。できたばかりの美術館のこともよくご存じだし」

無視するかと思ったら、凜は三角座りをした膝の上で組んでいた両手をほどき、孔泉に目を合わせる。

「警察は調べてくれる？　この人がいうみたいに、出鱈目だって無視しない？　文化勲章だからって、東京の美術館が収蔵しているからって、そんなことくらいでバカみたいに信用したりしないよね？」

　バカみたい、というところで玖理子は眉間に皺を寄せるが、孔泉は逆に白い頬を薄く染めて、唇を横に広げた。笑っているらしい。

「もちろんです。警察は全てを調べて、調べ尽くしますよ」

　そして真っすぐ見つめてくる凜に向かって、「それが望みなんですね」という。えっ？　と玖理子が振り返ると、凜が慌てたように首を振った。

「知らない。あたし、なにも知らない」

　すぐに膝を抱えて顔を伏せる。その黒い髪の中心のつむじを見ながら玖理子は目を細める。そのままの顔つきで孔泉を見、「望みって？」といいかけたが、孔泉に指一本で黙らされた。

「とにかく、あなたの知っていることを教えてもらえないですか」

　この美術館のこと、作品のこと、そして凜の家族のこと。

　ここはひとまず孔泉に味方した方がいいだろうと、玖理子も無理に笑顔を作る。「わたしも知りたいわ。ここでじっと救助を待っているのは落ち着かないし、怖いじゃない。少しでも逃げるときの役に立つよう、あなたの知識をわたし達にも教えて欲しい。お願いよ」

　玖理子がそういいながら、そっと手を伸ばして薄い背中に当てると、ぴくっと体が揺れた。凜がゆっくり顔を上げる。

「どんなことが知りたいの？」

「なんでもよ」

玖理子はにっこりと、とっておきの笑みを浮かべた。

「父親が早くに亡くなってね。県議会の議長だったの」

玖理子は凜を相手に話を続ける。凜から美術館や美術品についての教えを受けたので、そのお返しでもないが、自分のことについて語る。

「熱い人だったわ。いつでも県のためになにができるか、どうすれば県民の誰もが等しく、幸福になれるかを考えていた」

「だから玖理子さんも偉くなろうと思ったの？」

凜が玖理子をどう呼べばいいのか迷っているようだったので、名前で呼んでといった。この状況で副知事は意味がない。そして、孔泉のことは孔泉さんと呼ぶ。階級も役職も、ややこしい。そういうと孔泉は目を細め、頷いたようだった。

野々川凜は凜ちゃんだ。孔泉の優秀な部下のお陰で凜の素性は知れた。だから、もう少女を問いつめることはよした。賢そうでも、やはり十一歳だ。少しでも気持ちを和らげてやりたい。

「わたし？　そういうわけでもないんだけど。大学を出て就職して、結婚して。だけど、なにかもの足らない感じがずっとしてて」

「もの足らない感じ？」

「子どもがいなかったせいもあると思うけど。そうね、もしかすると、父が志半ばで死んでしまったことがずっと心に、傷でもないな、染みみたいになって残っていたのかもしれない」

「ふうん。お父さんができなかったことをしたいと思ったんだ」

「ふふふ。そんな偉そうな話じゃないけど。そうねぇ、やっぱり女性もどんどん政界に進出して、日本を動かす人間の半分であるべきという思いは年々、強くなったわね」

「ではなぜ、知事に立候補されなかったんですか？」

孔泉が唐突に口を挟む。その白い顔を見て、キャリア警視正という身分を思い出した。

「勉強して、試験に合格すればなれるという話じゃないわ。今の勝山知事は三期連続のベテランで、地元民との関係も長く深い。地域を牛耳るような企業や団体の重鎮はみな、勝山と考えを同じくする人間ばかりで、いまも現役バリバリ。そんななかでわたしのような人間が知事になれるわけがない。選挙参謀も時機を待てというし。県議長の忘れ形見ということで、県議の同意は得られるだろうから、ひとまず副知事の地位を得ることにした」

「わたしのような人間とは?」孔泉が抑揚のない口調で問う。むっとする気持ちを堪え、

「いうなれば女よ。今のこの時代にあってもね。バツイチの気の強い四十過ぎの女で、綺麗でもないし、高い学歴やずば抜けた才能、特技があるわけでもない。そのくせ、地方県の知事の席を隙あらばと狙っている、そんな厄介な女」といい捨てた。

「女性であることが、ベテラン知事に後れを取る理由になるのですか」

「理由にしているわけじゃないわ。世間一般の、少なくとも、あの古狸を知事に推す連中はそう考えているという話でしょ」

「前回の選挙では、投票率は五二パーセントでした」と孔泉がいきなり口にした。

なんの話だと思いながらも、玖理子は続きを待つ。

「そのうち勝山知事の得票数は過半数を少し超える程度。つまり県民の二六パーセント強のなかには、あなたのおっしゃる偏見を持つ有権者がいたとしても、残りの半分と投票しなかった四八パーセントの県民がみな、いまだに古臭い考え方の持ち主であるとは思えません。ジェンダー問題にすり替える前に取り組むべき課題があるかと、わたしは考えます」

玖理子はぎりっと唇を噛む。男とか女ではなく、投票しなかった選挙民を投票所に向かわせ、自らの意思でこの県の首長を選ぶという行為をさせる、そのことに対しての努力を怠っているのではと、孔泉はいいたいのだ。そんなことはわかっている。だが、選

挙はそんな綺麗ごとだけではすまない。

「玖理子さん、顔、怖いよ」

凛の声にはっとして、力を抜く。慌てて引きつった笑みを作り、掌で額から頰まで拭った。もう化粧など気にしていられないし、どうせ汗でファンデーションもまだらに落ちているだろう。そんな化粧崩れの顔も怖さに拍車をかけているのかと思うと笑える。

凛の困った表情を見ているうち、怒りが鎮まってゆく。

「まあ、そうね。孔泉さんのおっしゃることも一理あると思います。今後の参考にさせていただきます」となんとか返した。

「孔泉さんは、玖理子さんより偉いの？」

思わず孔泉と目を合わす。孔泉がもたれていた壁から離れて、凛と玖理子の近くまで寄ってきた。

「偉いとか、偉くないとかが、判断基準として重要なのですか」

「小学生にそんないい方はないでしょう」と玖理子は嚙みつく。

「小学生だからです」

「どういうこと」

「子どもが大人を見極めるとき、自分の目や感覚でなく、その人物が威張っているとか、誰かから命令されているとか周囲の人間の反応を見て判断することが多い。周りの人間や状況に迎合する癖をつけることが、子どもの将来に良い影響を与えるとは思えないのですが。副知事はそうは考えられないのでしょうか」

なるほど、だから孔泉は女性性のデメリットを当たり前として語ったことに反発したのかと納得し、玖理子は答える。

「もちろん、わたしも概《おおむ》ねあなたと同じ考えです。ただ凜ちゃんの場合、そんな複雑な話ではなく、立場上、どちらが上なのか興味本位で尋ねただけでしょう、といっているの」

そして凜の顔を覗くようにして、「お父さんだって、館長の方が偉いといっているでしょうしね」と、いった。

「新しい館長さんはなにもわかっていないって、いつもいっている」

玖理子は慌てて、「そうなの。まあ、まだこれからだからね。それで、孔泉さんは？」と訊く。孔泉が眉を片方だけ上げるのを見て、「あなたはどんな人物なのかしら。三十代で警視正になるってどういう感じなのか、教えてくださらない？」と玖理子は笑みを向けた。

【午後0時47分・警備部指揮車内】


「課長、犯人から入電です」

悠真はイヤホンに手を当てながら、録音スイッチを入れる。

関係者の捜索や美術館に関わる調査のため、警備課員のほとんどが外に出ていた。公安課員も野々川秀平の調べに走った。指揮車のなかの人手が減って、悠真が外部との連絡も担当することになった。

立川がマイクの先を引き寄せながら、「十数えてから繋げ」と指示する。悠真は腕時計を睨み、きっかり十秒後に繋いだ。

——すぐに出ろよ。

苛立つ声を聞いて、立川がほくそ笑むのが見えた。悠真はイヤホンをきつく押し当て、やり取りに集中する。

「赤狐か」

——他に誰がいる。

「すまない。手間取った。急ぎの用か」

——なんだと？　ふざけているのか。

「いや？」

ちっ、と舌打ちの音が聞こえた。ずい分、短気な犯人だなと悠真は思う。部下に捜査指示を出したあと車に戻っていた為末も、犯人の声を聞いて首を傾げた。

——要求はどうなった。応じるのか。

「ああ、そのことか。もちろん、努力はしている」

——はあ？　なんだ、そのいい草は。俺はイエスかノーか訊いているんだぞ。

「それならイエスでもありノーでもある」

——いい加減にしろ。これ以上、ふざけたことをいうようならこっちにも考えがあるぞ。

「ほう。たとえば？」

電話の向こうで息を呑む気配がした。深呼吸でもして落ち着こうとしているのだろうか。数秒後、先ほどよりは抑揚のない声がした。

——イエスでもありノーでもあるというのはどういう意味だ。

「ああ、それか。つまり、今、『藍塩釉花瓶』について懸命に調べているという意味だ。それがイエスの方の半分くらいというとこか」

——半分?

「まだ、盗作かどうか決まったわけではないからな」

——なら、ノーの方は、金か。

「ご名答」

盛大な舌打ちが聞こえた。

「勝山知事に確認したが金など出すつもりはないということだ。警察は当然ながら、こういった取引には応じないことになっている。知っていると思うが」

——ふん。勝山ねえ。

うん? と悠真は思う。赤狐の口調が変わった気がした。知事になにかあるのか。立川も為末も瞬きをとめて、耳を澄ませている。

——今に思い知ることになるぞ。

「なに?」

——知事にそう伝えておけ。

「どういう」

電話は突然、切れた。

悠真は脱力し、軽く指先で額の汗を弾《はじ》くように拭う。立川が静かに息を吐き、為末に尋ねた。

「どう思う？」

「ふむ。百戦錬磨のテロリストというわけではなさそうだ」

「そう思うか。なら素人？」

「どうだろうな。爆発物や銃のことからして、全くの素人とも思えないが。ただ、野々川秀平に関して、今のところ出てくるものはなにもない」

「ない？」

「ああ。引き続き追わせているが、俺の勘でも野々川はシロだ。小学五年生の娘を持つ真面目な美術館員。ただ、自宅にも職場にも姿が見えず、現在も行方がわからない」

「その男の娘が開館前の美術館に忍び込んでいたんだろう？　充分怪しいじゃないか」

　立川が悠真に視線を向け、「志倉はどう思う？」と唐突に訊く。いきなりで慌てたが、悠真は小さく息を吐いたあと、「今の赤狐の態度から、こういうことに馴《な》れているようには感じませんでした。もしかすると、経験のない人間を寄せ集めている可能性もあるのではないでしょうか」

「素人の集団だってのか。だから野々川も入っていると？」と為末が眉を跳ね上げさせるのを見て、悠真は焦る。

「いや、その、なにか特別な目的を持って行動しているのかもしれないな、と」

　立川がにやりとする。バカなことをいったのかと、一瞬、頬が熱を帯びる。

「なるほど。大義を持って集まった人間という線もあるな」

その言葉を聞いて、悠真は緊張を解く。

「なんだ大義って。金じゃないのか」と為末は眉を寄せる。

「要求は金だけではなかっただろう」

佐伯子風の盗作を公に認めさせることだ。もしかしてそれが本来の目的なのか、と悠真は考える。だが、立川は軽く首を振り、「盗作問題だけで、ここまでするのは動機として弱い気がするな」と呟いた。

赤狐が野々川である可能性も疑い、行田館長と麻生係長に動画を見せて赤狐の声を聞かせてみた。両者とも映像の方はよくわからないが、声は野々川ではないと断言した。一概に信用できるものでもないが、ひとまず外していいだろう。

「榎木部長はどうだ」

「うむ。さっき連絡を入れたが、今、二階の展示準備室というところに隠れているそうだ」

悠真が図面を広げると為末が覗く。

「ずい分、広い感じがするが。大丈夫なのか、そんなところで」

「野々川の娘がなにかと知恵を貸しているらしい」

「おいおい、それこそ大丈夫なのか。相手は小学生だろう。しかも父親は、立てこもり犯となんらかの関係があるのではと疑われているんだぞ」

「部長にもそのことは伝えている。だから、一刻も早く野々川の行方を追ってくれ。ただな、為末」

「なんだ？」

「榎木部長は、その野々川凜という娘を買っている風なんだ」

「どういうことだ。信用しているのか。子どもだろうが」

「展示準備室のことを教えたのがその子らしいから、役には立っているんだろう」

「全く、呑気《のんき》なことだ。こっちはいつ、三人のことが敵に知れるかとヒヤヒヤしているってのに」

「あの部長のことだ、そのときはそのときと考えている筈だ。それより」

いきなり無線機ががなり出す。悠真は慌てて応答する。

「こちら指揮車」

外の雑音に交じって野太い声が響いた。

――第一中隊長の横山《よこやま》です。今、二階南側のテラスに一味と思われる人物が二名、姿を現しました。

美術館の周囲を取り囲んでいる機動隊員だ。

「なんだと」

為末が部下と共に飛び出す。立川の合図で残っていた警備課員も続いた。

「敵はなにをしている」

――はい、あ、今なにか。

「どうした」

――なにかを地面に投げつけたようです。ひとつ、いや二つか。なにか小振りのものを投げ捨て、すぐに奥に引っ込みました。

「立てこもり犯はどんな感じだ」

――いわれていたように狐の面をつけております。一人は黄色い狐面で、もう一人が黒の狐面です。二人共、黒っぽい上下、恐らくジャージかと。黄狐が投げ捨てて、黒狐がライフル銃のようなものを構えてこちらに向けていました。

「わかった。今、そっちに為末が行った。指示に従って、その投げつけられたものを回収するよう手配してくれ」

――了解しました。

立川が悠真に声をかける。

「映像を出せるか」

「出せます」

「見せてくれ」

「はい」

機動隊員のなかに映像担当としてカメラを装備している者がいる。指揮車の機器で共有できるようになっていた。

「こいつか」

ズームアップさせる。確かに、狐の面だ。ジャージにはロゴもなにも見当たらない。二人とも中肉中背でこれといった特徴がなく、黄狐の髪が若干赤茶けていることくらいだろうか。黒狐が抱えているのは確かにライフル銃だ。さすがにシリアル番号までは映像では確認できない。形状から種類や流通状況を把握するくらいか。闇で取引されているものとなると時間がかかる上に、持ち主が見つからない可能性が高い。

「手がかりはなしか。あとは、なにを投げて寄越したかだな」

「課長、為末課長から連絡が入りました」

「繋げ」

立川が応答する。

「回収したのか」

――ああ、するにはしたが。

「なんだった」

――わからんよ。

かるが。

「どういうことだ」

――わかるわけがない。タイルの地面に落ちて、木っ端微塵《みじん》だ。焼き物らしいのはわ
「まさか、例の塩釉の花瓶じゃないだろうな」

――だから、わからんって。今、持って行くからそっちで確認させろ。

「わかった。志倉」

「はい」

「こういったものに詳しい研究員だか学芸員だかを連れてこい」

「了解です」すぐに悠真は立ち上がり、指揮車から飛び出した。


陶器に詳しいベテランの学芸員は、長い髪を後ろでひとつにくくった佐野《さの》という中年の女性だった。恐る恐るという風に指揮車に入ると、悠真は、行田が座っていたパイプ椅子に座るよう促した。狭い指揮車のなかで待機しているのも辛《つら》いからと、行田と麻生は別の待機場所へと出ていた。佐野の後ろで悠真は立って待機する。

「これを見てもらえますか」

そういって、立川は機動隊員が持ってきた破片を机の上に広げる。それを見て佐野は、ひっ、と短く悲鳴を上げ、震える指で白い欠けらを摘《つ》まんだ。そして次々に破片を持ち

上げ、両目にくっつけんばかりにして睨む。

「これがなにかわかりますか？」

「……はい、恐らく」

立川が目で合図するのを受けて、悠真は図録を差し出す。学芸員はぱらぱらと捲《めく》り、ひとつの写真を指差し、また捲って次の陶器の写真を示した。確かに、破片にある柄が図録の写真と一致するように見える。

「『藍塩釉花瓶』ではないんですね」

佐野は軽く身じろぐと、首を左右に振った。「違います。でも、これらも貴重な品物です」と声を詰まらせた。

「江戸初期にこの鈴岡市で作陶された器と思われ、数もあるので国宝や重文ほどの価値はないですが、それでも大切な県の宝です」

学芸員にしてみればショックであることには違いない。そんな佐野を見つめながら、立川がわかるという風に何度も頷いてみせる。

佐野は額にかかる前髪をかき上げ、沈痛な声でいう。

「なんとか修復できないかやってみますが、費用も手間もかかるから難しいかも」

佐野の横顔に苦しみに似た悔しさが浮かんだのを悠真も認めた。立川が思案顔のまま問う。

「そういった場合のための、保険のようなものには入ってないんですか？」

佐野が項垂《うなだ》れるように俯く。

「違うんですか？　わたしはこういったことには門外漢ですが、美術品にも保険や補償みたいなものがあると思っていました」

佐野は更に顔を歪めた。なにかあると察した立川が体を寄せ、「知っていることがあるのならなんでもいってください。今は、見ての通り緊急事態です。美術館や収蔵品を守るためにもお願いします」と言葉を重ねる。悠真もまたプレッシャーをかけるため、佐野の側に詰め寄って強い視線を向けた。ベテラン学芸員は疲れたように肩の力を抜くと、また前髪をかき上げた。

「今起きていることとは関係ないと思いますが」と一旦言葉をきる。立川も悠真も周囲の課員も黙っている。その沈黙に押されるように佐野は言葉を続けた。

「美術品の査定は複雑で多岐にわたるため、展覧会の際の移動による事故や破損についての補償こそありますが、収蔵品については一部の保険会社が扱っているだけで、それも保険料が高額ということで加入はそんなに進んでいない状況かと思います」

「では、こちらの県立美術館も？」

佐野は少し躊躇ったのち、ゆっくり首を左右に振ってみせた。

管理部で偶然、そういった保険会社との契約書類を目にしたという。ただ、収蔵品の価値や数からして異様に安い保険額の設定であることに、不審を抱いたらしい。

「収蔵品の価値からすると、あれはほとんど形ばかりのもので、修復のための費用など到底賄えないと思いました」と佐野は不満に思っていたらしく、いい募る。

立川はなぜかその点に拘《こだわ》り、事細かに問い質した。やがて佐野を指揮車から降ろすと、悠真が見ている前で課員や為末の部下に指示をし、県立美術館の美術品補償を担当している保険会社を調べ、担当者に連絡を取るよう指示したのだった。そして悠真には、公表されている筈の書類を探せといった。

【午後1時5分・美術館内】


足音がした。

ドア越しであり、距離があるせいかそれほど大きな音には聞こえない。それでも人の足音であることはわかるから、孔泉と玖理子は息を止めて廊下に面したドアを睨んだ。凍りついたように身動きせず、瞬きを止めて耳を澄ませる。凜がそっと体を寄せてきた。玖理子はその肩を抱いて引き寄せ、再び視線をドアに貼りつけた。

孔泉がゆっくり歩いて、ドアに耳を当てる。

「どうし」と玖理子が声をかけようとしたら、唇に人差し指を当て、しっ、といわれる。そして指を振って廊下側と反対のドアへ行くよう示す。玖理子は凜と抱き合うようにしてもう一方のドアの側まで近づき、ノブに手をかけたまま合図があればすぐに飛び出せるよう身構える。

そんな状態でしばらく、いや実際は一分も経っていなかったのかもしれない。やがて孔泉がゆっくりとこちらに顔を向けて頷いた。それを見て、玖理子と凜は合わせたように口から細い息を吐き出す。

「誰かが二階に上がってきたようです。展示室に入ってきた気配はないので、恐らくカフェのある方に行ったのでしょう」そういって鍵を外してドアノブに手をかける。

「ちょ、ちょっと、なにをする気？　まさか様子を見に行くとかいうんじゃないでしょうね」

「そうですが？」

「やめて。犯人に見つかったらどうするの」

「第一展示室から少し顔を覗かせるだけですから」

「駄目よ、駄目。万が一、近くに犯人がいたらどうするの」

「廊下に人の気配はありませんし、その点は用心します」

「警察官のあなたがじっとしていられない気持ちはわかるけど、救援がくるまではここで大人しくしていて。これは副知事としての命令です。余計なことはしないで」

孔泉が眉を片方引き上げる。「命令ですか。確かに、我々、県警は地方自治体の下部組織ではありますが、法の下、警察官の職務の遂行を妨害することはたとえ副知事といえども許されません」

国民の生命、身体、財産を守るのがもっとも優先される職務ですから、というのに、玖理子は、小声ながらも思わず声を荒らげる。

「その優先させるべき、わたしや凛ちゃんの生命が脅かされるっていってるんじゃないの。狐男が現れたらどうするの。それがどうしてわからないのよ」

「これもお二人の生命、身体を守るための手段のひとつとお考えください」

「な」

孔泉が耳を当てて外の気配を探ると、素早くドアを引き開けて出て行った。あっという間のことで、玖理子は歯噛みする。

凛が不安そうに、「鍵、開けたままで大丈夫かな?」というので、玖理子は憤然とドアに歩み寄る。アスパラ警視正め、泣いて頼んでも開けてやるものか。そう思いながら鍵に手を伸ばしかけると、先にドアが手前に開いて孔泉が潜り込んできた。素早く閉めて鍵をかける。

「なんだ、意外と早かったのね」

孔泉はドアにもたれかかり、制帽を脱ぐと額の汗を拭う。

「はい。犯人の姿が第一展示室の出入口に見え、階段を下りて行くのだけ確認しました。狐面の人物が二名、そのうち一人は銃を持っていました。その様子からして、連中の用事はすぐにすんだようです」といって、またしっかり帽子を被る。

「どこに行っていたのかしら。カフェ?」

「恐らく。派手に割れたな、とか話しているのが聞こえました」

「割れた？　カフェの窓ガラスかなにかかしら。そんな音しなかった気がするけど。あぁ、カフェのグラスのことか。明日のオープンのために食材やドリンク類は運び込んでいる筈だから、なにか調達しにきて割ったとか」

「そうではないでしょう。犯人はなにも持っていませんでしたから。それに椅子やテーブルを動かす音がしていましたから、テラスに出たのではないかと思います」

「テラスに？　上から警察の動きを探っていたのかしら」

孔泉は答えず、腕を組む。

「とにかくもう無茶はしないで。じっとしていて欲しいわ、孔泉さん」

玖理子はわざと疲れた顔をしていうが、孔泉は黙ったまま返答しない。

「あなた、昔からそういう感じだったの？」

「え？　はい、なんでしょう副知事」

孔泉が意識を戻したようにはっと顔を上げた。物思いにふけっていたらしい。

「孔泉さんは、気ままな人だといわれたことはなかったですか、と訊いたんです」

「気まま？」

「そうよ。そうやって人の気持ちも考えないで、さっさと自分勝手に行動する」

驚いたことに、孔泉の表情が動いた。ちゃんと感情で動く筋肉があるのだと、当たり前のことに気づいて、逆に玖理子が焦る。

「あ、あら、そんなにショックだった？　深い意味はないのよ。ちょっと思っただけだから。なにせこんな異常な状況下だから、いい過ぎたとしても大目にみて欲しいわ」

「いえ、副知事。あなたは異常な状況下でありながら、比較的冷静に対応されている方だと思います。むろん軽いパニックを起こすのは当たり前ですし、少々、気短かに騒いだり、短絡的に考えたりするところはありますが、最善の策を取ろうと努力されていることは充分わかります」

「それはどうも」

短絡的ってなによ、と小声でぶつぶついう。隣で凜がくすりと笑うのが見えた。

「わたし、いや僕は」と孔泉はその細い目をいっそう細めた。「人を気遣うことが苦手なのです」

玖理子は、再び棚板の縁に腰を下ろす。凜もならって近くの床の上で胡坐《あぐら》を組んで座った。なんとなく二人で孔泉を見上げる形になる。

「自分でいうのもなんですが、昔から頭が良かった。その分、運動は駄目でしたが」

「苛《いじ》められた？」

「小学生のときは少し。その後は、中高一貫の私立に進んだお陰で、そういった目に遭うこともなくなりました。みな東大や京大にとどまらず海外の大学を目指す人間ばかりで、苛めなどの低劣なことに関わっている暇などなかったのでしょう」

「なるほど。確かに、勉強に追われていたら他人のことなんか気にしていられないわね。ああ、それであなたも？」

「この性格ですか？　いいえ、そういうわけではありません。同級生の多くは、人柄も良く、気遣いのできる人間でした。僕は、人の心や感情を慮《おもんぱか》ったり、深読みしたりできない。忖度したり、気遣ったりするのが若いころから苦手なのです。調べたわけではありませんが、機能性疾患ではなく器質的なものではないかという気がします。セラピーを受けたこともありますが、改善しませんでしたし」

「それはアンドロイドみたいなってこと？」

玖理子が遠慮なく尋ねると、孔泉の頬が微かに染まる。

「僕自身に感情はちゃんとあります。腹立たしいときも楽しいときもある。ただ、他人の感情を思いやるという感覚が人より劣っている。恐らく相当」

「俗にいう無神経な人間」

「それに近いでしょう」と納得したように頷く。

「そんなんでよくやってこれたわね」と玖理子は呆《あき》れた。

「苦労しました」

「でも、今は偉い人なんでしょ」とふいに凛が話しかける。孔泉にとっての戸惑う表情なのだろう、眉を微かに動かしたのがわかった。それもすぐに消え、孔泉らしく、「そうなることで自分を守れると思ったからだよ」と子ども相手にも真面目に答えた。

「どういうこと?」と玖理子は目を瞬《しばたた》かせる。

「僕のような人間は、いずれ世間からつま弾きにされます。日本の社会というのは古くから、今もって仕事でも家庭でも政界においてですら、人と人とのあいだで交感すべき情というものを大事にする。忖度なくして、決断し得ないことは多々ある。もちろん、これからの若い世代はそういったものを弊害とみなして、徐々になくなる方向にはなってくるでしょうが。ただ、大きな組織であればあるほど、そういうものはなかなかなくならない」

「だから?」

「もし人の上に立つことができたなら、僕のように少々、常識から外れた言動をする人間」

「いわゆる変人ってことね」

ちらりと孔泉の目が玖理子へと流れたが、否定することもなく言葉を続ける。

「そういう人間でも大目に見られると考えました。上司の勝手気ままに振り回されるという上下関係は、わりとどこでも見られるものでしたし。特に縦割り社会の顕著な組織では」

思わず玖理子も大きなため息を吐いて賛同の意を示してしまう。まだそういう社会の経験のない凛はよくわからないらしく、小首を傾げていう。

「それなら、プロゲーマーとか、VRとか作る人になれば良かったじゃん」

ITの分野なら人と交わることを避けられるのではと、凛なりに考えたらしい。個人でできる仕事は今の時代、少なくない。

孔泉が凛に見つめられて、小さな黒目を揺らす。玖理子はその顔を見て胸の内でほくそ笑み、二人のやり取りを眺める。子どもの真摯な質問に答えられない大人になってはいけない、それは孔泉にもわかっているらしい。

少しして、心を決めたように孔泉は顔を向けた。

「寂しいのは嫌なので」

は？　と玖理子は口を開けたまま動きを止める。胡坐を組んで座っている凛は背筋を伸ばし、真っすぐ孔泉の言葉を受け止めるかのように見つめている。

「一人で……一人だけでなにかをするという選択は、僕にはありませんでした」

こんな性格の自分が、ずっと一人で生きるということはとてつもなく寂しく、そして恐ろしいことのように思えたという。

「矛盾しているんじゃない？　人との交流が苦手だと思っているくせに、人のなかで生きたいの？」

「そうです。一人でキャンプに行ったときよりも、誰も話しかけてこなくとも警察学校の教室で一人机に向かっているときの方がずっと落ち着けたし、安寧を得ることができました」

「意味がわからない」と玖理子は首を左右に振る。凜がすかさずいった。

「そういう考え方、あたし嫌いじゃない」

孔泉が耳を赤くして、唇を軽く開け閉めする。その顔を見た玖理子は、やれやれと息を吐いた。

「だったら早く結婚して家族を作ればいいじゃないの」とついいってしまい、わたしがいうことじゃないけど、と居心地悪げに体を揺すってみせる。

孔泉が軽く肩をすくめた。「こういう性格ですから、なかなか」

でしょうね、と同意したあと、「凜ちゃんみたいな女性が現れるといいわね」と付け足す。隣で、凜が顔をしかめるのを見て、思わず噴き出した。孔泉も苦笑いしている。

そのとき、スマホがバイブしたのか、孔泉がさっと胸に手を当て表情を引き締める。そのまま画面を操作するから、電話ではなくＬＩＮＥかメールなのだろう。すぐに終えてこちらを見た。

「外から?」

「はい。立川課長からの連絡です。先ほどの二人が二階のカフェでなにをしていたかが判明しました」

「狐はなにをしたの」

【午後1時39分・警備部指揮車内】


刑事部捜査一課から連絡が入り、悠真が立川に繋ぐ。

短いやり取りのあと、立川がスマホを切って悠真に目を向けた。

「例の陶芸家に会って聴取したそうだ」

「佐伯子風ですね」

「うむ」

地元の作家である子風は、県北部の田間町《たざま》という鄙《ひな》びた場所に広大な居宅を構える。そこに窯を造って今も時折、作陶に勤《いそ》しんでいるらしい。家族は妻と息子が二人。他にも多くの弟子や通いのお手伝いなどがいて、そこそこ賑やかに不自由なく暮らしている。

「白状したんですか」

悠真が尋ねると、首を振りながらも教えてくれる。

「一課が周辺を調べてから聴取にかかったらしいが、盗作のことを告げると顔を真っ赤にして否定したそうだ。刑事らに泥を投げつけて追い返したとか。まあ、八十三歳とはいえ、文化勲章をもらうような実力者だ。死んでも盗作なんか認めんだろう」

「そうですか。もし、盗作が間違いとなるとどうなるんでしょう」

悠真は、美術館の正面や側面の映像を映している画面に目を走らせる。

「名のある陶芸家と立てこもり犯のどちらのいい分を信じるかだが」といって、立川はふと悠真の顔を見つめる。

「はい？」

「志倉は刑事の経験はなかったんだな」

「はい。所轄の警備課から本部にきました」

「そうか。まあ、他の部課のことを知っておくのも必要だ。滅多にあることじゃないが、今回のように余所《よそ》の部署と合同で動くこともあるからな」

「はい」

「刑事部、いわゆる刑事だが、連中の考え方は独特だ」

「独特ですか」

「一課長が直接電話に出たので、これからどうするのかと訊いた」

「はい」

「裁判において疑わしきは罰せず、というだろう？」

「はい。それがなにか」悠真は首を傾げてみせる。

今は、ほとんどの警備課員が出払っていて、立川のすぐ側には悠真しかいない。新米の悠真が、こんな風に課長の間近で犯人らとの交渉や指揮をする姿を見、直に話をする機会はそうそうあることではない。最初は、先輩らのように捜査に出られないことを残念に思う気持ちもあったが、今は、この状況が逆にラッキーだとも思える。いや、そんな不謹慎なことは考えてはいけない。悠真は改めて口を引き結び、立川の言葉を一言も漏らさず耳にとどめようとじっと目を向ける。

「連中はその真逆らしい」

「逆、ですか?」

「そうだ。疑わしいことがひと欠けらでもあるのなら、つまりグレーならそれは黒だとしてとっかかるそうだ」

否定する言葉を無視して、盗作である前提で証拠を探すということか。

「しかし、それだとえん罪を生む可能性がありませんか」

「ああ。わたしもそういったが、本当にシロならグレーにはならない筈だというんだ。一滴でも黒い色が落ちたからグレーになる、とな。その一滴の黒を見つけるのが連中の嗅覚らしい」

「一滴の黒ですか」

こんな大それた事件を起こして要求するのが大金なら納得できる。だが、それに陶芸家の盗作問題が加わったとなると、確かに誰しも一抹の疑念を抱くだろう。犯人側の要求によって子風はグレーになったと、刑事部は考えた。グレーにした一滴の黒は犯人の言葉であり、犯人はどこからそんな言葉を引いてきたのか。それがなんなのか、突き止めるということか。果たして、そんなことが可能だろうか。

「刑事部のお手並み拝見というところですね」生意気なことをいってしまったかと焦ったが、立川は注意することなく、眉を跳ね上げさせただけだった。

そのとき課員から声がかかる。

「行田館長と管理部の麻生係長がおみえです」

「入れろ」

再び、車内に入ってきた行田の顔は激しい疲労に塗《まみ》れていた。白髪頭は乱れ、目に生気がない。一方の麻生は時折、目尻を神経質そうに痙攣《けいれん》させ、不機嫌さを露《あら》わにする。

犯人がテラスから投げ捨てたのは、『藍塩釉花瓶』ではなかった。

学芸員の佐野にあれこれ聴き取りをし、その後、保険会社と連絡を取った。そして立川は改めて行田と麻生を呼びつけたのだ。

立川の側のパイプ椅子に座ると、麻生がいきなり吠《ほ》える。「いったいどういうことですか。学芸員に聞きましたが、壊された二点ともうちの大事な美術品だったそうじゃないですか。警察はなにをしているんですか。これ以上、作品が」

「どれほどの値打ちのあるものだったんでしょうか」と立川が遮る。麻生は、くっと喉を鳴らすようにして唇を閉じ、隣にいる行田をちらりと見やる。行田は額に汗を滲ませ、

「まあ、値というのは、先ほども申しましたようにあってないもので」という。

「それはお聞きしました。ですが、こちらの美術館では保険をかけておられると伺いましたよ。収蔵品に対し、地震などによる破損の修復などのための費用を賄えるよう、そういった商品を扱う保険会社と契約されていると」

「え」行田は虚を突かれたような顔をする。麻生が目をすがめ、用心するような表情に変える。

　悠真は隣で耳を澄ませながら、手を開いたり握ったりした。

「担当している保険会社の方から、たった今、その内容を聞きました」

　行田はいっそう忙しなく瞬きをし、麻生は逆に目を瞠《みは》る。

「ずい分、低い額だそうですね。こういったクラスの美術館の収蔵品にしては相当低い保険料だとか」

「そんなことはない。美術品の価値は不確かなものだ。景気でも左右されるし」

「通常考えられる保険料より格段に低いということでした。そのことについて、本当にこれでいいのか行田館長と麻生係長に何度も確認したといってましたよ」

　行田は顔を髪と同じくらい白くさせ、呆然としている。代わりに麻生が文句をいう。

「よしんば、そうだったとして、それが今のこの立てこもりとなにか関係があるんですか。そんな些末なことにかかずらっている暇があるなら、早く犯人を取り押さえてくれ。そうすれば美術品がこれ以上、壊されることもないし、保険だなんだと考える必要もないんだからな」

もっともな話だが、なにか腑《ふ》に落ちないと悠真ですら思う。先ほどの佐野の話では、支払う保険料が高額になるので保険自体、入れないことはあるらしいが、この新生美術館は保険の契約をしている。なのに保険料をケチるなど、どこかチグハグな気がする。

立川もそう思っただろうが、あっさり追及の手を止めた。

「立派な美術館ですね」

行田と麻生が不審そうな目を向ける。

「有名な建築家に頼んでデザイン設計、施工してもらった自慢の館だ。収蔵の美術品も値の張るものが少なくない。特に、海外アーティストの作品はいっとき県内で騒ぎになるほど、買い求めた金額が話題になった。わたしなど朴念仁で、こういったことには疎いのですが、さぞかし貴重なものなのでしょうね」

行田が恐る恐るという口調で、「そうですね」と答える。

「あれを買おうと決めたのはどなたなんですか」

「なんでそんなことを訊くんです？　なにか、事件と関係があるんですか」麻生が苛立ちの声を吐く。

「いやいや、ああいうよくわからん美術品に高額の支払いをしながら、保険料は安く抑えるというのはどういう感覚なのかと思いましてね。これは通常の、美術館においてまあることなのか、それとも特別なことなのか、後学のためにと思ってお尋ねするのですが」

立川のいいようは、教えてもらいたい風をして執拗《しつよう》に問いつめている。美術品の購買は、行田ら美術館員が勝手に決められるものではない。県の美術館なのだから、計画を立案し、予算を組み、議会で認めてもらわねばならない。

立川は知っていたが、念のためにと悠真に調べさせた。概ね、どこでも同じ段取りらしいが、立川は知り合いの議会担当記者に連絡を取り、話を聞いていた。

議会に諮るといっても、今のうちの県では勝山知事がいえば、だいたい通るということだった。立川はそのことになにかしらの疑念を抱いたようだ。悠真にはわからない。あとで尋ねてみようと考えるが、それでも自分でもある程度は予測、類推はしなくてはいけない。子どものように教えてくれとねだるだけでは、立川に見放される。そうならないためにも、行田と麻生の二人の様子をじっくり見、言葉を捉えてその真意を測ることが大事だ。

「もう、いい加減にしてくれ。美術品のことなど今はどうでもいいでしょう。とにかく」

「どうでもよくないっ」

立川の冷たい怒声が空気を裂いた。指揮車のなかが一気に緊張を帯びる。麻生も行田も合わせたように動きを止め、上半身を硬くした。

立川がすうと息を吸い、目を細める。悠真は周囲の先輩らが微かに身じろぐのに気づいた。

警備部警備課に異動して、先輩や主任から色々話を聞いた。課長の立川が、一見サラリーマン風で、物静かな感じの人でほっとしているといったら苦笑されたのだ。警備部で一番おっかないのは立川さんだ、為末さんなんか可愛《かわい》い方だぞと囁かれた。どういうことかと尋ねたが、いずれわかるといわれただけだった。悠真は息を止めるようにして成り行きをみる。

「ここがなんの現場なのかわかっておられますか。どうでもいいことなどひとつとしてありませんよ。改めてお尋ねします。今、犯人らに人質にとられているのはなんですか。県立新生美術館であり、収蔵された美術品じゃないんですか？　もう一度いいますよ、今、一番気にしなければならないのはあそこに」といって立川は画面を指差す。大勢の機動隊員に取り囲まれた美術館の正面玄関が映っている。午後の明るい陽を浴び、真新しい建物が輝くように佇《たたず》んでいる。

「あそこにあるものなんですよ。他のどれでもない、県庁でも企業でも個人宅でもない、うちの県が鳴り物入りで造った立派な県立美術館。危険に晒されているのは、その建物とそのなかにある、人でもなく宝石でもない美術品だ。それなのに、どうでもいい？　関係ない？　あなた方はいったいなにをいっているんだ」

二人は声にできないまま、口を開けたり閉じたりしている。

「人質となっている美術館や美術品のことを詳細に調べるのは当たり前でしょう。その情報があってこその人質救出ですよ。今、あそこにあるものがなんなのか知らずにどんな対策を立てろといわれるのか。闇雲に突撃して、テレビドラマにあるようなドンパチをして犯人を捕まえろと？　それで美術品にはひとつも傷をつけるなと？　あなた方は本気でそんな漫画のようなことを考えておられるのか」

悠真だけでなく指揮車に乗る全員が身動きできない。次から次へと放たれる立川の容赦ない言葉の攻撃に、当事者でない悠真ですらどんどん追いつめられてゆく気がする。

「もしあれが美術品でなく人であったならどうします。人質のなかには女性や年配者、子どももいるかもしれない。怪我をした者や持病を持つ者もいるかもしれない。一人で動けない者や障がいを持つ者もいるかもしれない。そんな情報をなにひとつ持たないまま、突入すればいいと？　本気でそう考えておられるのか。敵は銃を持っているんですよ、行田館長っ」

行田が跳び上がらんばかりに全身を揺らした。つられて、悠真までもがびくっと震える。

立川は笑みを浮かべるが、その目は殺意すら宿っていそうなほど鋭い。

「館長、今、我々は凶悪事件に対峙《たいじ》しているんです。これは遊びじゃないんだ」

悠真はぞっとした。恐らく行田も麻生も同じだろう。行田の白髪頭が、力なく揺れる。

「そ、そうでした」と、学術の世界しか知らない行田は観念したように項垂れた。

そして保険料額を低く設定して契約したことを認めたが、それは自分の一存ではないと告げる。さすがに麻生が顔色を変えて止めようとするが、立川に睨まれて目を伏せた。

【午後2時5分・美術館内】

孔泉がスマホに応答する。今度は電話らしい。短い用件ならLINEですむが、込みいった話だと電話でやり取りするしかないのだろう。それでも声が外に漏れないか玖理子はやきもきする。思った以上に長く話し込むから余計だ。やっと孔泉が電話を終え、スマホを制服の胸ポケットにしまいながら顔を向けた。

「なんなの?」

少し前のLINEで、二人の狐がカフェでなにをしでかしたのか聞かされている。玖理子はさしてショックは受けなかったし、いずれそうなるという気持ちがあった。なにせ、収蔵品が人質なのだから。

だが、凜は悔しそうに顔を歪めた。膝頭に握り拳を乗せてじっと床面を睨む姿は、まるで身内か誰かが危害を加えられたかのようだった。

「それで?」

「犯人側から連絡があったようです」と答える。

「今？　犯人がカフェから収蔵品を落としたのは一時過ぎごろじゃなかった？　ずい分、ゆっくりだわね」

「敵が時間を置いて連絡したのは、恐らく、壊された陶器がどういったものか確認する暇を与えたということでしょう」

「なるほどね。それで、犯人はなんて？」

「今後も美術品をテラスから投げ捨てるぞ、といってきたそうです。要求に応じさせるためのプレッシャーのつもりでしょう」

「駄目っ、そんなこと絶対、駄目」と凜がいきなり立ち上がる。そしてそのままドアへと走り寄るのを見て、玖理子は慌てて止めた。

「犯人にそんなことしないよういってくる」と暴れる。頭も良く、冷静そうに見えてもやはり子どもだ。大事な美術品が壊されてゆくのを想像して、たまらなくなったらしい。自分が今どんな状況なのか、忘れてしまっている。暴れるのを必死で押さえながら、玖理子は説得する。

「凜ちゃんがいってもどうにもならない。わかるでしょ。犯人にとって美術品は単なる交渉の道具。壊れようが潰れようが気にならない。そんな人間になにをいっても無駄」

「そんなことない。お父さんはそんな」

え？　と玖理子は目を瞠った。凜がはっと表情を硬くして、顔を横に向けた。玖理子はそっと孔泉に視線を流すが、孔泉はただ目を細めるだけだった。

二度と凜が飛び出さないよう部屋の隅の棚に座らせ、玖理子も密着するようにして腰を下ろした。凜は貝のように口を噤み、なにをいっても答えようとしない。

諦めて、部屋の反対側で思案顔をして立つ孔泉に声をかける。

「警察はどうするつもりなの？　いつまでもこのままというわけにはいかないでしょう。わたし達の存在が知られていないうちに突入してもらった方がいいわ」

孔泉が近づいてきて、玖理子を見下ろす。

「立川課長はいずれその線で動くでしょう。そのタイミングを測るためにも、今、色々と調べています」

「調べる？　ああ、例の盗作のこと？」

「それもありますが」

「犯人のことでなにかわかったの？」

密着している凜の体が硬くなったのに玖理子は気づいた。だが素知らぬ振りをして孔泉を見上げる。

「立川さんが今、気にしているのは人質そのもののことのようです」

「人質？」

一拍置いて、「ああ、美術品のことか。それが？」と尋ねた。

孔泉が玖理子と凜の前で膝を折り、目線を同じ高さに合わせる。

最初からそうすべきなのよ、と玖理子は胸の内でぼやく。副知事と話をするのに、見下ろしながらなど失礼ではないか。そういうところが忖度できない孔泉警視正の困った性質なのだろう。そんな呆れる気持ちでいたらいきなりいわれた。

「秦副知事、この美術館はなんのために造ったんですか」

「は？」

「ここにある美術品はなんのためにあるのですか。世間でも知られていない、どこの誰ともわからない海外アーティストの作品を大金を払って買い付けることにしたのは、どなたのアイデアですか。加えて、大切な収蔵品にかけられている保険は誰が決めたのでしょう」

「な、なんの話をしているの」

「県の副知事である秦玖理子さんが当然、ご存じである筈のことについてです」

ぎりっと唇を噛み、真正面から孔泉の黒目を捉えて強く睨みつける。隣で凜が身じろぐ気配を感じた。

「いっていることがわからないわ」

孔泉が無表情のまま立ち上がり、右肘を曲げてそれを支えるように左腕を当てる。指先で顎をさすり、思案する格好で歩き始めた。

「僕の部下の立川という者が、不審に思って新生美術館の予算要求書、概要書を確認したそうです」

「え」

海外アーティストの話からいきなり保険の話になって次は予算？　玖理子は眉間に皺が寄るのを抑えられなかった。しかも慌てて視線を逸《そ》らしてしまったから、余計に焦る気持ちが湧く。

孔泉が玖理子から視線を外すことなく話を続ける。

「予算書では保険料額が、保険会社から聞いた話とずい分、違っていたようです。つまり書面の上では高額の保険料を支払う形で予算を組んでいながら、実際はおよそ考えられないほどの低補償の保険しかかけられていない」

「…………」

「そのことを当然、副知事はご存じだと思いますが？」

胸のうちで大きく深呼吸をして、改めて孔泉へと向き直る。

「あいにく、そういった事務手続きについてはよく知らないの。だから保険のこともわからないわ。でももしあなたがいう通り、要求予算額と違うというのなら、それは確かに問題だわね」と答えた。

「ご存じない？　そうですか。では、海外アーティストの作品については？　あれほど高額な作品です、購入には知事の許可が必要でしょう」

「それは」ごくりと喉を鳴らし、ゆっくり瞬きをした。「もちろん議会に諮っていますから」

「あの作品にそれほどの価値があるのでしょうか。保険と同様、実際の価値より高く評価して予算を要求したということはないですか」

「まさか。えっと、あの作品を勧めたのは誰だったかしら。美術館の館長か学芸員の誰かだったと思います。そのとき、今はまださほど知られていないアーティストですが将来的にも有望で、なによりその作品の持つ創造性、豊饒《ほうじょう》さ、無限の可能性など、県民の芸術魂に訴え、影響を与えるものである、との推薦があったと記憶しています」

「まるで議会での答弁のようですね」

「なんですって。失礼でしょう」

「申し訳ありません。悪い意味でいったのではなかったのですが」

悪口にしか聞こえないわよ、と玖理子は眉間に力を込める。

「ではまず、県立美術館の移転、新築の理由をお聞かせいただけますか。わたしが赴任したときには既に着工していたので、詳しく知る機会がありませんでした」

「県において文化施設の設営は意義のあるものです」

「ああ、いえ、そういうことではなく。なぜ、本来あった場所からわざわざ移転までして、新設されたのか、その辺の理由をお尋ねしたかったのですが。以前の場所でもなんら問題があるように思えませんし、聞いたところによると建物も年数は経っていますが、今すぐリフォームしなくてはならないほどの劣化があったわけではないとのことでした」

詳しく知る機会がなかったといいながら、それなりに下調べしているではないか。孔泉の、古狸議員を上回るような、質疑テクニックに舌を巻く。目を吊り上げる玖理子に対し、孔泉はわざとらしく肩をすくめてみせた。

「まあ、この程度のことを確認しておくのは、式典に招かれた者としての常識の範囲内でしょう」

玖理子は、ぐるぐる頭のなかで考える。榎木孔泉は一見、茫漠とした容貌を持つ世間知らずのキャリアに見えるが、それは上辺だけだ。実態は頭脳明晰《ずのうめいせき》、かつ非常に冷徹。相手が女であれ、たとえ子どもであってもその任務において必要なことを問い質すのに容赦はしないだろう。ヘタな隠し立てや誤魔化しは通用しない。なら、どうする玖理子。

「あれは勝山知事の肝煎りです」

そう告げた途端、孔泉の片方の眉がぴくりと動く。

「いえ、知事の責任にしようという意味ではないのよ。この遊興施設である『フェリーチェパーク』は民間主導に県が出資、出捐《しゅつえん》するという共同事業の形態を取っている。

そのこともあって、以前から経営不振で、県の負の財産ともいわれていた県立美術館をてこ入れする意味で、集客の見込めるこのパークに併設することを思いついた、というわけ。いうなれば知事の英断よ」

そういいながら口の中が苦くなるのを感じる。玖理子は顎を上げ、平然とした顔を作る。

「なるほど、そうでしたか。いえ、美術館の経営状態までは把握しておりませんでした。失礼しました」

「いいのよ。こういったことは本来なら、県民にも広く知ってもらうことが大事だとは思っているんだけど、なかなかそうも」

「そんな美術館の予算査定概要において、不正と取られてもおかしくない数字のズレを生じさせている。その差額によってなにをなさろうとしたのでしょうか」

途中で口を挟まれて玖理子はむっとするが、長く息を吐き出して気持ちを鎮める。

「さっきもいったけど、そういった事務的なことは関知していません。とはいえ、あなたがいう通り、たかが保険料のこととはいえ、少なからず問題はある。ここを出たなら、きちんと対処しようと考えますが、なんにせよ、予算案を決めたのは館長やその関係者ですよ。知事やわたしに美術品の価値などわからないんだから。なによ、そんなに気になるのなら、この件が終わったあとで好きなだけ訊いたらいいじゃない」

「美術館の関係者、つまり館長や管理部門の責任者らが勝手に保険料額を決め、上乗せした金額で予算を請求した、その差額の使い道は知事や副知事は関知していないと、そういうことですね」

「え？」と玖理子は孔泉の念を押すような口調に戸惑う。そんなこといってない、と訂正する前に、孔泉がポケットからスマホを取り出した。玖理子はそれを見て、ぎょっとする。

「ちょっと、それ。繋がっているの？」

さっき孔泉は誰と話をしていたのだったか。必死で記憶を掘り起こしているあいだにも孔泉が意味ありげな顔をしていう。

「ではさっそく、今、お尋ねしてみましょう」

呆気《あっけ》に取られていると、孔泉はスマホに軽くタッチし、スピーカーにした。

【午後2時22分・警備部指揮車内】

指揮車のなかで、悠真は孔泉の言葉を聞いていた。

――行田館長はそこにおいでですね。

孔泉の問いに、息を殺して待っていた悠真は、立川の頷く顔を見て代わりに答える。

――はい。館長はずっとここにおられます。

悠真は机の上に置いたスマホを館長の方へと向ける。

――ああ、その声は志倉さんですね。立川課長を補佐してくれているのですか。

ふいに名を呼ばれて慌てる。声だけで、最若年の自分のことがわかるのか。

「え、いえ、補佐などとんでもありません。僕は隣に座っているだけです」

――そうですか？　立川さんは、誰でもいいからと側に置くことはしない人です。ところで、志倉さん。

「は、はい部長」

――式典では勝手な行動を取って失礼しました。主任に叱られませんでしたか。

「いや、そんな。こちらこそ、僕の不注意で部長をこんな目に」

「志倉」立川に呼ばれて、悠真ははっと口を閉じる。

「部長、スマホのバッテリーのこともあります。ご用件を早くお願いします」

――そうでした。では行田館長、改めて、今の秦副知事の発言についてご意見はありませんか。

悠真は隣に座る行田に目をやった。スマホをじっと見つめたまま微動だにしない。顔色がいいとはとてもいえなかった。

少し前、立川は孔泉に連絡を入れた。割られた県立美術館の収蔵品はどのようなものでどれほどの値打ちがあったのか。そして、その品にかけられていた保険と、取り寄せた予算文書について。全てを伝えたのち、一旦、孔泉が電話を終えるような物言いをした。だが、スマホは繋がったままだった。

悠真はそのことに気づき、声に出さないまま、メモに書いて立川に示した。立川はすぐに周囲に物音を立てることを禁じ、うるさくしそうな麻生を追い出し、行田だけ黙って待つように指示したのだ。

立川や悠真、他の課員らに凝視され、行田は激しい瞬きを繰り返す。額だけでなくこめかみからも汗が噴き出る。

――行田館長、秦副知事のおっしゃる通りですか。海外アーティストの作品を推薦したのはあなた方ですか。県の収蔵美術品にごく低補償の保険しかつけないよう図り、上乗せした金額で予算案を組み立てたのはあなた方ですか。全て行田館長のご指示ですか。

「そ、それは、今、ちょっと申し上げるわけにはいかない」と、ぼそぼそ呟くようにいう。

――はい？　よく聞こえませんでした。館長がご自身の考えで、美術品の値打ちを低く見積もり、安い保険で充分だと判断された。つまり、ここにある作品はみなどれも大した値打ちはないと、そう館長が自らお示しになったということですね。

「な。そ、そんなわけがない。そんなことをこのわたしがするものか」

行田がいきなり立ち上がり、唾を飛ばして叫ぶ。悠真や他の課員が押さえて、椅子に座らせた。

玖理子のものと思われる低くくぐもった声が、後ろから聞こえる。孔泉がスマホを手で覆ったらしく、すぐに聞こえなくなった。

――では、どなたのご指示ですか。

「そ、それは」

行田は目を瞑り、膝頭に両手を当てたまま、嵐が通り過ぎるのを待つかのように体を硬くした。

――館長、この美術館の建設になにがあるのか明らかにしていただかないと、この事件は解決しないと考えます。犯人らは、恐らくその辺のことを承知でここに押し入った。わたしはそう推測します。

「まさか、そんな」

――可能性はあるでしょう。

行田は唖然として、上半身を力なく揺らす。

悠真は乾いた唇を必死で舐め、話に集中する。立川もすぐ隣で、じっと動かずにいた。

確かに、金を要求するにしても美術館に立てこもるなど奇妙だ。それは警察官になってまだ大した経験のない悠真でもわかる。しかも開館前で誰もいなかった。日本の警察が、人質立てこもり事件において、海外のように突入する方法を積極的に取らないのはよく知られている。たとえ人質が美術品であっても、できる限り交渉術で解決したいと考える。だから扱いの面倒な人間を人質にしないという犯人の意図はわからないでもない。

とはいえ、やはり交渉の卓に載せるにはあまりにも弱い。今回のことで目の色を変えているのは行田や麻生ら関係者ばかりだ。だいたい有名作家の盗作問題にしても、それを告発する方法はこのネット社会、他にいくらでもある。

悠真はそっと立川の横顔を窺う。眼鏡の奥の目には少しの戸惑いもないように見える。当然、立川なりに今回の立てこもり事件の奇妙さを感じているだろう。だから行田ら相手に執拗に、保険のことを確認しようとしたのだ。

そして孔泉は孔泉で、立川から話を聞いて副知事に疑念を抱いた。行田に聞かせるため、孔泉はスマホを切らずにいた。玖理子が保身のため、全ての責任を他人に押しつけるだろうと思ったからだ。案の定、自分はなにも知らない、美術館の館長や関係者がしたことではないかと発言した。

それを耳にしたときの、行田の打ちのめされたような表情を悠真は思い返す。芸術大学の学長まで務め、県内外における美術品や芸術に対し、深い造詣と崇敬の気持ちを抱き、その世界でも名を知られ認められた人物だ。それが玖理子によって、うさん臭い人物のように貶《おとし》められたのだ。頭にこない方がおかしい。

――秦副知事は先ほど、全て行田館長と美術館関係者に責任があるようなことをいわれていました。だが、館長は否定されている。どちらが正しいのでしょう。

孔泉が今度は、玖理子へと言葉を投げかけた。直接、通話口を通していないので、小さな声だが充分聞き取れる。

――そ、それは、だって。わたし達は専門的なことはなにもわからないのですから。

玖理子は少し前の強気な態度を引っ込め、行田に聞かれていることを意識してか言葉を濁した。

指揮車にいる人間がみな、行田を見つめる。行田の白い顔に紅が差した。

「副知事、そのおっしゃりようは納得がいきませんな」

――な、なんですか行田館長。つまらないことといわないで。あなたは美術館の館長として黙って、警察に協力していればいいんです。

スマホに顔を近づけたのか、玖理子の声がさっきよりはっきり聞こえた。

「黙ってとはどういうことでしょうか。あなた方の意図するものがなんであるか、真実を隠したまま、わたし一人が責任を負えばいいと、そういうことですか」

――行田館長っ。

思わず叫んでしまい、玖理子が慌てて口元を覆ったらしく、声が小さくくぐもって聞こえた。

――た、立場を弁えなさい。あなたは知事の厚意で館長の地位に就けたのでしょう？　我々に対して恩ある身ではないですか。仇なすような真似をしていいと本気で思っているんですか。このあと自分がどういったことになるか――。

――おや？　ということは勝山知事が主犯ですか。

横から孔泉の声が割り込む。え、いえそんな、と玖理子の慌てふためくような声が聞こえた。悠真は思わず隣へ視線を向ける。立川の眼鏡の奥の目がこれ以上ないほど細くなったのを見た。

――なにもそんなことはいってませんでしょう。挙げ足を取るような――。

——しっ。

いきなり孔泉の緊張した声がスピーカーから聞こえた。悠真は思わずスマホの方へ身を乗り出すが、立川が手を伸ばしてスマホを摑み、スピーカーをオフにして耳に当てる。静かに、というように人差し指で唇を押さえたあと、すぐに行田に向かって払うように右手を振った。察した悠真は、行田の肩を摑んで立ち上がらせ、車の外へと連れて行く。席に戻ると、立川がスマホを耳から離して画面を睨んでいた。悠真は唾を飲み込んだ。

「切れた」と立川がいった。

【午後2時40分・美術館内】

孔泉がいきなりスマホを切った。そして廊下側のドアに忍び寄り、耳を当てる。

玖理子は凜を引き寄せ、そんな孔泉の様子をじっと見つめた。

「こちらに誰かが向かっているようです」

声を潜めた孔泉を見て、玖理子は凜と共に素早く立ち上がる。

「ここに入ってきそうなの？」

「わかりません。ですが、ひとまず避難した方がいいでしょう」

「わかった」玖理子は頷き、凜の手を引いて部屋の反対側にあるもうひとつのドアへ歩み寄る。鍵を開け、ドアノブに手をかけた状態で、孔泉を振り返った。

孔泉は廊下側のドアに耳を当てたまま、細い目を更に細くした。眉間が徐々に狭まり、やがてかっと目を開くと、ドアから身を離して玖理子の方へ近づいてくる。そして自らドアノブを回すと、「出てください」と促した。

玖理子と凜は慌てて準備室の裏側にあるバックヤードに入る。目の前に壁があって通路が左右に延びている。準備室より広そうだが、薄暗い上に荷物が置いてあって歩きづらい。通路の左手の奥にスペースがあるようだが、ここからでは様子はわからない。右手の先にエレベータのドアが見えた。

「エレベータの周囲はどうなっているのかしら。建物の構造上、あちらにもスペースがある筈よね。内部階段はどこ？」

玖理子は凜の顔を見下ろすが、小さな頭は左右に揺れるだけだ。

「バックヤードまでは入ったことがないから、わからない」

玖理子は僅かな逡巡《しゅんじゅん》のち、凜の手を握ってエレベータの方へ向かいかける。こういった場合、迷う時間がリスクを増大させることは身をもって知っている。県議会での答弁では躊躇ったり、言葉に詰まったり、思案しようとすればするほど、突っ込まれやすくなる。気づくと、孔泉が閉めかけたドアを途中で止めて、隙間から準備室を窺おうとしている。

「ちょっと、そんなことしてないで早く逃げましょう」

玖理子は孔泉の耳にぎりぎりまで顔を寄せて囁いた。腹の立つことに、アスパラ警視正は黙れという風に片方の手を挙げて、玖理子を制止しようとする。その手を払いのけ、「こっちにこられたら逃げ場がないのよ。早くエレベータで別の場所に移動しましょう」と口早にいった。凜も不安そうな顔でエレベータの方を何度も振り返る。

「凜ちゃん、エレベータのドアを開けて待っていて」

うん、と頷くと、凜が緊張しつつ歩き出す。小学生の方が余程、役に立つ。そう思ってなおも孔泉に文句をいいかけると、物音がした。

それが廊下側のドアからする音だとわかって、玖理子は声を上げそうになる。

どうして。ここにいることがバレたの？

「あれ？　俺、鍵かけてたっけか。ロックはするなといわれていたから、してない筈なんだけど」

そういってドアの鍵を開ける気配がした。孔泉がそっとドアを閉じる。玖理子はエレベータに近づくが、孔泉はまだドアの側にとどまっていた。

なにしているのよっ。と声にせず、唇を動かすだけで伝える。しばらくドアに耳を当てていたが、ゆっくり離れるとさっと振り返った。ほとんど感情の出ない孔泉の顔だが、さすがに緊迫した様子が見える。払うように手を振るのを見て、玖理子は慌ててエレベータに駆け込んだ。凜が既になかに入っていて開のボタンを押して待っている。

孔泉がなかに入ると同時に、凜が閉のボタンに手を伸ばした。それを孔泉が止める。

「ちょっと、なにするのよ。早く、閉めて」と怒鳴りかけると、いきなり孔泉が玖理子の腕を摑んでエレベータの外へ押し出すかのように引っ張った。

「ひっ」と声を上げて、玖理子はエレベータの両脇の壁に手をついて踏ん張る。「な、なにを」

叫びかけた途端、準備室のドアが開くのが見えた。

「あっ」

「あっ」

黄色の狐面を被った犯人と玖理子の声が重なる。

「あそこに人がいるぞ。おいっ」

部屋のなかを振り返って仲間を呼ぶと、すぐに黒狐が出てきてこちらに向かってきた。手には細長い銃が握られている。

あわあわしていると、目の前でドアがすっと閉じられた。そして玖理子達を乗せたエレベータはゆっくり下へと動き出す。頭上から、犯人らの戸惑うような声が聞こえた。

「人がいた」

「本当か」

「女だった」

「誰だ」

「すぐに下に行け」

玖理子の顔は恐らく青ざめているだろう。そしてすぐに湧き上がってきた感情のまま、怒りの目を孔泉に向けた。

「あなた、どういうつもりなの。わざとわたしの姿を犯人に見せたわねっ」

凜が不安そうな表情で見上げている。孔泉はインジケータを確認しながら、「あなただけだと思わせる方がいいと判断したので」という。

「どういうことっ」

「連中は、準備室のなかに来賓用のリボンを見つけました」

あっ、と玖理子は目を開いた。そういえば、邪魔だと思って捨てたのだった。しまった。誰のリボンかはわからないだろうが、館内に犯人ら以外の侵入者がいることはバレていたことになる。更に孔泉は、副知事の靴もいずれ見つかるでしょうと付け足す。思わず視線を落として、ストッキングだけの足を見る。リボンを外したとき、ポケットに入れていたパンプスを床に置いたのだった。すぐに顔を上げて、「だからって、わたしを生贄《いけにえ》にするみたいな真似」と口をへの字にした。

「わたしではひと目で警察官とわかります。そうなれば犯人はどんな手に出るか。いきなり発砲してくる可能性もあります」

ううう、と玖理子は呻《うめ》く。凜の姿を見せるわけにはいかないのもわかる。

「女性であれば、敵も油断する」孔泉が冷静な声でいうのに、玖理子は押し黙るしかない。

ドアが一階で開く。目の前は壁で左に廊下が延びている。廊下は少し先で右に折れていた。孔泉は慎重に外を窺う。

「どうして一階？　犯人らがいるところじゃないの」玖理子はいうが、孔泉は誰もいないといって外に出、凜も出るよう促す。

「追っている連中は地下を目指すでしょう」

地下は搬入用と職員用の出入口がある。確かに、外に出るには地下しかないと考えるかもしれない。

「凜さん、事務室はこの壁の部屋ですか？」

凜が頷いたのを見て、孔泉は廊下の角に向かった。玖理子らもついて行き、曲がった先を覗く。部屋が二つずつ廊下を挟んで向き合うように四室ある。その手前に左に折れる通路があり、ホールに繋がっているのだろう。犯人らは恐らくそこに屯《たむろ》している。

「この廊下の突き当たりに非常口が見えます。その手前が恐らく内部階段」

玖理子はぱっと顔を明るくした。「脱出できるってこと？」

「ただ、事務室には照明やセキュリティシステムのコントロールパネルがあるから一名以上の犯人が待機している筈です。気づかれないよう、慌てず歩いてください」

玖理子も凜もこくこく頷く。事務室というプレートがかかっている部屋をじっと見つめる。向かいの部屋は会議室だ。奥の二部屋はここからでは見えないが、ひとつは館長室だろう。

玖理子は視線を奥に向け、緑色に輝く表示灯を見る。事務室と館長室の前を通り抜けたら非常口だ。そこまで二十メートルほどだろうか。助かる。そう思いながらも、事務室のドアとホールへの通路を目にすると、血圧が上昇するのを感じた。手に汗も出てきて玖理子はスーツの裾で拭う。

「まず、非常口が開くか確かめてきます。合図したらこちらにきてください」

そういって、角に玖理子と凜を残して、孔泉が歩き出す。カーペットが敷かれているから足音はしない筈だが、孔泉は慎重に廊下を辿《たど》る。とはいえ悠長なことはしていられない。既に玖理子の存在は知られたのだ。今にもホールの方から誰か現れるのではと思うと、心臓が破裂しそうなほど苦しい。

孔泉はホールへの通路を素早く横切り、無事に事務室のドアの前を通り過ぎる。その奥の部屋を見てなかに人がいないかドア越しに気配をさぐるように動きを止め、再び歩き出してやっと非常口に取りついた。孔泉はこちらに背を向けドアハンドルの辺りをごそごそやり出した。玖理子を振り返ると、首を振ってみせる。激しい失望が全身を覆った。鍵がかかっているっていうこと？　非常口なのに？　なかから開けられないわけがない――。あ、そうか、と玖理子は合点する。犯人らがなにか細工をして開かないようにしているのだ。舌打ちしかけると、孔泉がカーペットに膝を突いて、扉を開けるための作業を始めるのが見えた。非常口は鉄製だから、揺さぶるたびに金属質の音が響く。

その音がするたび、玖理子は恐怖に身悶《みもだ》えた。

そのとき、ふいに事務室のドアの向こうに気配が立った。玖理子は反射的に凜の手を握る。ドアが開いたのを見て思わず、ひっと声を上げて素早く身を翻した。

「あっ」

誰かが飛び出してきた。玖理子は咄嗟に左への通路を目指した。

「いたぞ。女だ。ガキもいるぞ」

「捕まえろっ」

男二人の声だ。振り返って確かめている暇はない。凜と共に、全速力で駆け出す。通路を行くとすぐに広々とした場所に出た。

エントランスにあるホールだ。玖理子と孔泉がトイレを借りに入った場所で、犯人らから逃れるために駆け上がったカーブ状の階段がある。ホールの片隅に色の違う狐面をつけた男が集まっているのを見て、思わずたたらを踏んだ。二人、いや三人か、もっといる？　とにかく複数いて、いっせいに振り向いた。後ろからは事務室から追ってきた男の足音がする。玖理子は左手に常設展示室と思われる出入口を見つけて、反射的に動いた。

「止まれ、撃つぞ」

そんな声を聞いた気がしたが、玖理子はそのまま凜の手を引いて走る。いきなり爆発したかのような轟音《ごうおん》が鳴り響く。耳の下から顎にかけてぴりぴりと電気を帯びたようにしびれた。思わず倒れるように床に屈み込み、目を瞑る。瞑ったまま手探りで凛の体を捜して引き寄せる。耳鳴りが止まず、空いている手で耳を押さえる。

なにかで肩を突かれた。玖理子は動かず、そのままの姿勢でゆっくり目を開ける。視線の先に汚いズック靴が見えた。瞬きしたあと顔を上げる。いきなり鼻先に銃口を突きつけられて、ひっ、と引きつった声を上げた。

「おや、秦副知事さんじゃないですか」

銃の向こうで赤い狐面が見下ろしていた。

【午後3時5分・警備部指揮車内】


遠くで音が聞こえた瞬間、車のなかにいる全員が顔を上げた。悠真が、なんでしょうと問う前に、機動隊の横山中隊長から無線連絡が入る。

——今、美術館内から発砲音らしき音がしました。

その一報で、指揮車が揺れたように悠真には感じられた。

みなが愕然《がくぜん》としているなか、立川がすぐに応じる。

「銃声は何発だ？　なかの様子はわからないか。窓や出入口に動きはないか」

為末と公安課員が慌てて車から出て行く。それを横目で見ながら、悠真は唾を飲み込み、立川と横山のやり取りに耳を傾けた。

詳しいことはわからないらしい。悠真は額に滲んだ汗を拭う。もしや誰かが撃たれたのだろうか。榎木部長か秦副知事か、万一、紛れ込んでいる野々川凜という少女であったらと思うと、喉がひりつく。ぎゅっと目を瞑り、あのとき自分が目を離さなければ、そうすればせめて部長だけは難を逃れられたのに、という後悔がまた悠真の胸を揺さぶった。

そのとき立川のスマホがバイブした。

指揮車の全員が注目する。

「部長からだ」そういって立川がタップし、スピーカーにした。

——立川さん。

部長の声にひっ迫した様子を感じ、悠真は目を開く。撃たれたのは部長なのか？　立川も僅かに身じろいだが、冷静な口調は崩さない。

「部長、大丈夫ですか。今、発砲音らしき音が聞こえましたが」

——銃声です。マズいことになりました。秦副知事と野々川凜さんが敵に見つかりました。

「えっ」思わず声に出したのは悠真だけだった。慌てて手で口を覆い、呼吸を整える。

警備課の先輩や公安課員が息を殺して、立川と机の上のスマホを凝視する。

「今の銃声は、もしかしてどちらかが撃たれたということですか？」

——まだ確認していないのでわかりません。無事を祈ってはいますが。

「部長は今どこにおられるんですか？」

——一階の事務エリアにある研修室という部屋です。準備室からエレベータで下りて非常口から出ようとしたのですが、鍵をかけたあとハンドルと共に破壊されていました。

あれでは外からでも開けるのには時間がかかるでしょう。なんとかしようと思ったのですが、そのあいだに二人が見つかり――。

孔泉の言葉が途切れる。常に冷静沈着な態度を崩さない人だからこそ、初めて聞く動揺した声に、悠真までもがうろたえそうになる。孔泉は悔しさを呑み込むかのように、声を低くして続けた。

――間もなく、犯人側から連絡がある筈です。

「そうですね。これで人質が増えたことになります」

立川の声音も硬い。今までは美術館や収蔵品が人質だったが、これからは生きた人間も人質となるのだ。形勢は一気に犯人側に傾いた感じだ。これで強行突入はなおいっそう難しくなった。

――交渉が主となるでしょうが、立川さん、例の盗作の件はどうなりましたか。

「刑事部に任せていますが、まだ結果は出ていません」

――そうですか。

外部からの入電ランプを見て、悠真は慌ててイヤホンに集中した。電話番号を見て、叫ぶようにいう。

「課長、犯人から入電です」

――立川さん、一旦、切ります。

「はい」と立川は答え、すぐに悠真に目で合図を送ってきた。悠真はスイッチを押して切り替える。

「立川だ」

――立川さんか、ずい分、ご無沙汰だな。

「今の音はなんだ。銃声のように聞こえたぞ」

――ああ、そうだよ。美しい女性二人がちょっと面倒をかけそうになったんで、銃のあることをわからせたんだ。

「女性だと？」

立川は惚《とぼ》ける。孔泉の存在はまだ知られていない可能性があるから、ここは初めて聞かされた振りをしなくてはいけない。

――おや？　ご存じない？　そりゃあ、妙だな。県の副知事だぜ。

「秦副知事のことか。彼女がどうした。まさかそこにいるというのか」

――おいおい。ヘタな芝居をしてんじゃねえぞ。

立川が、しまったという顔をする。悠真にとって初めて見る立川の表情だ。眼鏡の奥の目が忙しなく揺れるのを見て、どう答えるべきか迷っていると知る。そんな立川の葛藤を嘲笑《あざわら》うかのように犯人が告げた。

――副知事のスマホは預かっている。これ以上、そちらと勝手なお喋りをされても困るからな。

「わかった。秦副知事と小学生の女児が館内にいることは連絡を受けていた」

そうか、と悠真は気づく。スマホを持っていながら、外部と連絡を取らないわけがない。犯人は当然、警察はとっくに副知事のことを知っていたと、そう考えた筈だ。立川はそんな犯人の思考を推測し、認めることにしたのだ。それにはもうひとつ理由があるのだと、悠真は思い至る。

立川がもし認めなければ、犯人らは副知事のスマホを無理にでもチェックするだろう。そこに外部との通話記録がなければ不審に思う。そこからまだ他に侵入者が、つまり孔泉がいると感づかれてもマズい。立川はそう判断したのだ。微妙な駆け引きだが、犯人が副知事のスマホにこれ以上興味を持たないでくれと祈るしかない。

「秦副知事と女児は無事か」

――乱暴なことはしていない。怪我もしていないから安心しろ。このまま大人しくしてくれて、そっちが要求にちゃんと応えてくれたら、無事な姿のまま解放する。

「改めて上に諮る。時間が必要だ」

――いい加減にしろっ。

悠真はびくんと体を揺らした。いきなりの激高だ。どうしたんだろう。見ると、立川が人差し指で眼鏡を持ち上げ、軽く目を瞬かせた。

——いつまで、のらりくらりと時間稼ぎする気だ。いいか、夕方五時半までに金を用意しろ。ただし、十億からアップする。倍の二十億だ。副知事の命に比べれば安いもんだろう。ハッチバックタイプの地味な色の車を二台と金を入れる鞄《かばん》もだ。いいか、用意できなかったら、次にテラスから落ちるのは腹に穴の開いた副知事さんになるぞ。わかったか。

「盗作の方はもういいのか」

電話の向こうに、僅かな躊躇いのようなものを感じた。悠真は眉を寄せながら集中する。

——もちろん、そっちもだ。

そして電話は切れた。

立川が顎に手を当て、思案の目をじっとマイクに落としている。

指揮車の後部ドアが開き、為末と部下の公安課員が戻ってきた。

「駄目だ。窓も出入口も全て塞がれたままでなかの様子はわからん」

黙り込んでいる立川に代わって、悠真が孔泉と犯人、それぞれとした会話の録音を為末に聞かせる。全て聞き終わると大きな体を揺らして、為末は盛大な舌打ちを放った。

「立川、こうなったらもう本部に黙ってはおけないだろう」

「うむ。本部長にはわたしから連絡する。為末、今の犯人の態度をどう思う」

「態度？　そうだな。副知事と小学生という格好の人質を手に入れて、強気になったのはわかるが」

「わかるが？」

「妙に苛立っていたな」

ふむ、と立川は腕組みをする。悠真は二人のやり取りに耳を傾けながら、犯人の言葉を頭のなかで巻き戻す。確かに、なんであんなに怒ったのだろう。

「副知事がいたのは想定外だったからだろう」

「そうだな。だが、これで交渉は犯人側にとって有利に働く」

「ともいい切れない。人質がいるというのは案外面倒なものだ」

「犯人がわざわざ開館前に行動を起こしたのも、その辺りのことがあってのことだろうしな」

「そうだ」

なるほど、と悠真も納得するように首を縦に振った。美術館前には、開館セレモニーのために県内の重鎮といわれる人物が集合していた。もちろん、一般客も大勢いた。人質にとるつもりなら、セレモニーが終わって彼らが入館してから行動に移しても良かったのだ。それをしなかったのは、最初から人間を人質にする気はなかったということか。

「ずい分と殊勝な犯人じゃないか。だが、思いがけず女性二人が手に入ったから交渉の卓に載せようと計画を変えた、ということかもしれんな」

「そうかな」

「犯人の意図がなんであれ、銃を持っていて平気で発砲するということには違いないんだ。気を抜くわけにはいかんぞ、立川」

「わかっている」

「人員を増やした方がいいんじゃないか。二人の女性が人質として囚われ、榎木部長もまだ館内だ。その上、発砲まであった以上、少しでも人手はあった方がいいだろう」

「槌江にいる部隊を呼び戻すのか」

「そうするしかあるまい。本部長もそういったんだろう？　あっちは所轄に任せろって」

　そうだが、と立川は眼鏡を押し上げる。本部長にいわれたが、立川の判断で部隊はそのままにしていた。通行路の安全確保だけなら、署にある警察隊だけで充分だと悠真も思うし、主任の橘を含め警備課員も数名出張っているから問題ない筈だ。更にいえば、本部長に現状を知らせたなら、自ら臨場してくる可能性がある。なにせ副知事が人質となったのだ。そうなると、部隊を呼び戻していないことが知れて、立川は困った立場になるだろう。

「槌江町を管轄する署は規模が小さいから、所轄だけだと不安があるのだが」と躊躇った理由を口にした。

「そんなことといっている場合か。こっちは人質立てこもり事案なんだぞ。今すぐ呼び寄せても本部長がくるのに間に合わんぞ」

槌江町は県の南端にある地で、この鈴岡市からは最も遠いといっていい。呼ぶのなら早い方がいいと悠真も思う。為末が怒ったように唾を飛ばすのを見て、立川は決めたようだ。

「槌江の部隊にこっちに合流するようにいえ」

「了解」といって課員が無線機を握った。

「それと為末」

「なんだ」

「気になることがもうひとつある」

「もうひとつ？」

「盗作の件だ。犯人は、すっかりそのことを忘れていた。さして期待していないようにも思えた」

「そういわれると確かに。いったいどういうことかな」

「為末、ちょっと調べてみてくれないか。刑事部から連絡がないところをみると、手こずっているのだろう」

「俺に、刑事の応援をしろというのか」と不服そうな顔をしたが、仕方がないな、という風に背を伸ばした。為末が、部下の何人かにくるよう指示をしているのを見て、悠真は声を上げた。

「立川課長、僕も行ってはいけませんでしょうか」

立川が細い目を向け、為末が怪訝《けげん》な顔で悠真を見た。

「いいだろう。志倉、為末と一緒に行ってこい。手ぶらで戻るなよ」

「はいっ」

【午後3時11分・美術館内】

赤い狐面の男がスマホを切って、ポケットに入れた。表情はわからないが、苛立っているのは全身から滲み出ている気配でわかる。

玖理子と凜は、両足首を結束バンドで締められ、両手を前に合わせた形でやはり結束バンドで固定された。そのままホールの階段下に置かれ、見張りの狐面が一人側に立つ。口を塞がれてはいないので、凜の耳に口を寄せて、大丈夫？　と囁く。凜は、青い顔を引きつらせながらも頷き、玖理子の顔をじっと見つめる。

「なに？　どこか痛いの？」と訊くと、凜は微かに首を振った。

そして、「お願い。あたしの名前はいわないで」と切羽詰まったような目をしていう。

「え？」と、つい高い声を発してしまい、見張りの黒狐に振り向かれる。手に持つライフル銃を見て、玖理子はすぐに凜から離れるよう尻をずらし、顔を背けた。

その視線の先に、上背のある桃色の狐面がいた。ずっとこちらを見ていたらしい。ジャージを着た体つきは細く、筋肉もあまりついていないようだ。銃も持っておらず、脱力したみたいに玖理子と凜の方に面を向けたまま、ぼうっと立っている。玖理子は見つめ返すが、なんの反応もない。違和感がある。はっきりなにが違うとはいえないが、目の前の桃狐からは殺気のような悪意みたいなものが感じられない。むしろ玖理子達から目が離せない、気が気じゃないという様子だ。

側にいる凜を見ると、三角座りで視線を必死に膝に置いていた。汗の粒が額に噴き出ていて、囚われた恐怖以外のなにかに動揺しているのは一目瞭然だ。玖理子は勢いよく桃狐を見返す。こちらに顔を向けていた狐は、はっとするように体を揺らすと急いで玖理子達から離れて行った。

「り」といいかけて口を閉じ、僅かに考えて「マリちゃん、あの人」といいかけたところで、足音がした。

赤狐がこちらに近づいてくる。玖理子は、凜を後ろに庇《かば》うように座ったまま体を動かした。玖理子のすぐ前で足を止めると、赤狐が話しかけてくる。

「秦さん、お聞きの通りだ。大人しくしてくれていたなら、なにもしない。だが、逃げようとしたり、いうことを聞かなかったりすれば、遠慮なく撃つ。そっちのお嬢ちゃんもだ」

ライフルの銃口を床に向けたまま、ぶらぶらと揺らした。中肉中背、髪は肩まであってくしゃくしゃ。銃を握る手は色黒で、指の関節が太く、爪は汚れ、全体的に品のない雰囲気が漂う。声と手の感じから中年ではない気がする。二十代後半から三十代くらいか。

「おい、お前」と赤狐は黄色い狐面を呼び、「上のカフェに行ってビールかなんか取ってこいよ。喉が渇いた」といった。

黄狐は軽く頷くと、足早に階段を駆け上がる。赤狐からどこか楽しんでいるような様子が窺えた。玖理子は銃の恐怖も忘れ、睨みつける。

「あなた達、いったいなにが目的なの」

「なにがって、金に決まっている」

「違うでしょ。今どき、こんな真似してうまくことが運ぶと本気で思っているの。もしそうなら、ちょっとびっくりするくらいの大間抜けよね」

「ははは。さすがに鳴り物入りで副知事になった秦さんだけあるね。はったりであれ、そんな風に強気を崩さない女は嫌いじゃないよ。だけどね、それも程度があるからさ。そこんとこは弁えてよ、女副知事さん」

玖理子は目を吊り上げ、赤狐を睨む。

「わかった。わたしは大人しく人質になる。約束する。だから、この子は解放して」玖理子は瞬きせずに見つめ、そして「お願い」と頭を下げた。

赤狐は、銃を肩に担ぎ上げ、ふうん、という。

「お宅がそんな殊勝なことをいうとは思わなかったな」

「これでも副知事ですから。県民の安全を守るのは当然の義務」

いきなり大声がして、吹き抜けのホールいっぱいに響き渡った。それが笑っているのだとわかって、玖理子は唖然とする。赤狐が銃を担いだまま、おかしそうに上半身を揺らしている。

「おいおい、笑わせるなよ。腹いてぇ」

「な、なによ」

ふいに動きを止めると、赤狐は玖理子を見下ろし、銃を構えた。黒く丸い銃口を見て、玖理子は思わず両手で顔を覆う。後ろにいる凛が、背にしがみつく。

「あんたらがしていることは、すっかりお見通しなんだよ。なにが県民のためだ。ふざけやがって」

ばたばたと足音がした。

「やめろ、なにするんだ。子どもじゃないか」

その声を聞いて玖理子は合わせた両手の隙間から覗き見る。ジャージでもその体型の細さがわかる桃狐が、両手を振り回しながら走り寄ってくるのが見えた。さっき玖理子らの方に顔を向けて茫漠と立っていた狐だ。声の感じや動きからして、男性で四十歳前後か。

驚いたことに桃狐は、赤狐の前に回り込むと、「人は傷つけない約束だぞ」と興奮したように叫んだ。

「黙れ、どけっ」赤狐が銃を振り回す。

「駄目だ。銃を下ろせ。乱暴なことはしないと約束しろ。いや、あんたの約束なんか当てにできない。さっきも美術品には手を触れないといいながら、壊させたんだからな」

「うるさいっ」

怒鳴りながら銃を振り回す赤狐に、桃狐がしがみついて銃を押さえようとした。そのとき、「止めないか。赤狐、銃を下ろすんだ」と鋭い声が投げられた。

低音の落ち着いた声と共にホールの方からまた別の足音が聞こえ、玖理子は両手を下ろして目を向けた。

声をかけたのは白い狐面だ。手にスマホを握っていて、赤狐と変わらない背丈だが、肉付きがいい。ジャージだから余計に腹が出ているのがわかるし、頬の肉が面からはみ出している。狐よりも狸の面が似合っている。

赤狐は、なんだよ、といいながらも銃を下ろす。

「いいからこっちにきて、これからのことを相談しよう。予定が変わったんだ。再確認した方がいい」と小太りの白狐が宥《なだ》めるようにいった。そして桃狐に向かっては、「あんたは向こうに行っててくれ。大丈夫だ。約束は守る」と肩を押した。

桃狐が不服そうに体を揺らすが、ちらりと玖理子らを見たあと、黙ってホールの方へと戻って行く。小太りの白狐は再び、赤狐に顔を向けて、「感情的にならない方がいい。あいつは馴れていないんだ」と念を押すように告げた。

「ああ、わかってるよ。だけどさ、人質が人間になったんだから、こっちの分は相当良くなったんじゃねぇ？　しかも副知事なんだぜ。連中は案外、あっさり応じるんじゃないか。二十億といわずもっとふっかけたら良かったかな」と赤狐は笑いを含んだ声でいながらライフル銃を肩にかけた。

「いや金は」といいかけて白狐は言葉を止めた。ちらりと玖理子の方に面を向け、赤狐の肩に手をかける。押されて赤狐は歩き出し、二人はホールの他の仲間の方へと向かった。

ざっと見渡したところ六人の狐面がいる。リーダーは赤狐か白狐のどちらかだろう。他に桃、黒、緑、青色の狐面。それと、カフェに行った黄色と橙《だいだい》色の狐面をつけた者が少し前に事務室の方へ戻った。合計で八人になる。これで全部だろうかと玖理子は考える。

赤狐を止めた小太りの白狐のことを思った。年齢は赤狐より上だろう。四十代か、ひょっとすれば五十代かもしれない。声の低さと落ち着いた態度で収めた様子から、なんとなく赤狐を動かしているようにも見えた。リーダーが赤狐で、小太りがブレーンということだろうか。そして細身の桃狐。あの人物は、どうやら連中とは立場が少し違うようだ。白狐は馴れていないといった。

そしてもうひとつ、玖理子にとって聞き捨てならないセリフがあった。

『あんたらがしていることは、すっかりお見通しなんだよ』

あれはどういう意味だ。なにを指しているのだ。少なくとも、あんたらといったのだから、玖理子個人のことでなく、恐らく行政に携わる者ら、もっと限定すれば勝山やその周辺の為政者ということではないか。

胸の奥がうずく。この『フェリーチェパーク』に入ったときから、玖理子の気分は少しも晴れることがなかった。しかもこの美術館の開館式典に出るなど、あまりにも醜悪過ぎた。勝山に県議長、そして一部の県議らが考えたことは、県政に携わるという高潔でやりがいのある道を貶め、汚すものだ。父は、県議会議長として死ぬまで、この県と県民のことを考えて働き続けた。その背を見て育った筈の玖理子が、なぜこんな風になったのだろうか。今、父が生きて玖理子を見たなら、なんというだろう。

一度は抑え込んだ憤りと後悔と挫折感の嵐が、再び、玖理子の胸のなかを吹き荒れそうだ。いや、駄目だ。落ち着け、玖理子。

目を瞑り、息を吐いて、ゆっくり目を開けた。

あの狐面の連中は、恐らく美術館がなんのために建てられたのか知っているのだ。どうしてそれがバレたのか。いや、案外、そういうことは簡単に知れるのではないか。

事実、榎木孔泉という男は、ずっとこの美術館や収蔵品について疑問を抱いていた。そして玖理子を誘導して、行田館長に予算の上乗せを暴露させることに成功した。芸術家を自称し、学者であり学長経験者としてのプライドを持つ行田は、あっさり孔泉の手に乗って怒りのまま口を滑らせたのだ。

どれほど秘密裡《ひみつり》になしても悪業は所詮悪業、天網恢恢《てんもうかいかい》ということだろうか。狐面グループの真の目的がそれを明らかにすることなら、玖理子は果たして無事にここを出られるのか。恐ろしさと不安に全身が覆い尽くされそうで、結束バンドで締められた両手が震え出すのを抑えられなかった。

【午後3時14分・美術館内】

孔泉は、研修室のなかで息を整えていた。

事務室から狐面が飛び出し、玖理子と凜が見つかって追われた。孔泉は咄嗟に館長室の向かいにある部屋のドアを押し開けて逃げ込んだ。そうしなければ、狐面に見つかって最悪、警官の制服とわかると同時に発砲されていたかもしれない。玖理子はそのことを考えて、わざとホールへの通路を走ったのだろうか。

玖理子と凜が逃げて間もなく、発砲音が聞こえた。孔泉は驚きで喉が詰まり、必死で咳を抑え込まねばならなかった。

誰か撃たれたのか。玖理子と凜は無事なのか。確かめねばならない。だが安易に動くわけにはいかない。今少し、状況が落ち着くのを待とうと決め、立川にひとまず連絡を入れたのだった。

孔泉は研修室の隅にある戸棚の陰に腰を下ろし、周囲に置かれている資料やＡＶ機器を眺める。秦副知事と野々川凜が人質になったことは大きい。これで、突入はなくならないまでも大幅に遅れるだろう。館内や犯人の状況がわからないうちは、立川は絶対に強硬手段に出ることはしない。

だが、もし本部長が現場指揮を執るとなれば、事態は動く可能性がある。孔泉は眉間に皺を寄せ、先ほどの立川とのやり取りを思い返した。

盗作の件はまだ手こずっているようだった。それも当然だろう。相手は文化勲章を授与された陶芸家だ。今さら、あれは盗作だったなど死んでもいうまい。

では金の方はどうだろうか。こちらも無理だろう。警察は決して、テロリストとは取引しない。とはいえ、秦副知事と女児が人質となれば、話が少し変わってくるのではないか。

本部長は必ず人質の生命を優先させる筈だ。そのためには、敵の要求を呑む可能性はあった。

「だが、金を手に入れたとして、連中はどうやって逃げるつもりだ」思わず口をついて出て、孔泉は慌てて手で覆う。少しの間、耳を澄ませてドアの向こうの気配を窺う。玖理子らが捕らえられたあと、しばらくして犯人の一人が事務室に戻ってきた様子はあったが、以降、誰かがこちらに近づいてくることはなかった。恐らく、玖理子らを人質にとったことで、犯人らはホールに集結しているのだろう。

孔泉はゆっくり立ち上がる。

制服のズボンの埃を払って制帽を取り、上着を素早く脱いだ。そしてネクタイを外し、戸棚の下段を開けるとそのなかに全て押し込んだ。ワイシャツの第一ボタンを外して襟元を弛めると、孔泉はそっとドアに歩み寄る。ノブを回して、隙間から廊下を窺った。誰もいない。息を吸って吐いて、気持ちを落ち着かせ、静かに体を外へ滑らせた。

事務室のドアは閉まっている。足音を立てないようドアの前を通り過ぎ、首を伸ばしてホールの方を窺う。話し声が吹き抜けの天井に響いてはっきり聞こえるが、姿は見えない。恐らく、エントランス寄りにいるのだろう、と思ったとき、見覚えのあるベージュ色がちらっと目に入った。

玖理子は階段下の床に座らされているようだ。側に凜もいる。二人は縛られているらしく、ほとんど動かない。孔泉はさっと通路を横切り、エレベータまで戻ってなかに入った。二階の準備室に行こうと決めて、2のボタンを押す。そこに誰かいたら捕まるだろうが、制服を着ていなければいきなり撃たれることもないだろうと、楽観的に考えるようにする。

小さな振動音を鳴らして箱が停まり、ドアが開く。顔を出して様子を窺い、バックヤードに足を踏み入れた。何度も確認するが、やはり狐面の姿はない。ホールに集まって相談でもしているのだろう。玖理子や凜を捕らえたことは予定外だった筈だ。犯人側としても計画の練り直しをしなくてはならない。

孔泉は少し前まで隠れていた準備室に入り、廊下側にも犯人がいないのを確かめて、二つのドアに鍵をかけて立川に連絡を入れる。

赤狐という狐面のリーダー格の男が、玖理子らを人質にしてどのような要求をしてきたのか尋ねた。

――身代金の二十億へのアップと逃走用の車を二台要求してきました。気になるのは、盗作のことについてはずい分とトーンダウンしたと思われることです。

「トーンダウン？」

――はい。少なくとも赤狐にとっては、それほど重要ではなくなった感じです。

「そうですか。副知事という人質ができたことで、金銭の要求が現実的になったからかもしれません」

――それはどういうことですか、部長。

「犯人らにとって当初、占拠の目的は金銭ではなかった」

――確かに、人のいない美術館を占拠するのですから、その可能性はありますね。

「それが変わってきた。金を手に入れられるとわかって、欲が出た。だから金額を跳ね上げたのだろうし、盗作問題などこの際、どうでもよくなったということかもしれません。複数犯の場合、意思統一ができてないとか、途中で仲間割れするということがあります」

――なるほど。最初、金が目的でなかったとすれば、なにか別の意図――犯人らはこの美術館建設にまつわる裏事情を知っていた？

「かもしれません」

玖理子と行田館長のやり取りを聞いた者は、すぐにそのことに思い当たるだろう。いや、それしか考えられない。行田は立川に問いつめられ、知事のいうまま、名も知れぬアーティスト作品の購買額を相当高く見積もり、そのくせ保険料は最低のレベルにしながら、提出書類には上乗せした金額を記入するという、背任とも取れる行為を白状した。

だいたい、美術館の新築自体、必要のない事業だった。それがどんな目的で、なぜ膨大な予算が注《つ》ぎ込まれたのか。さすがに行田もそこまでは知らないのではないか。

「秦副知事はご存じのようですが、ただ」

――ただ？

「いえ。それではまた連絡します。ひとまず副知事と野々川凜さんの無事を確認してきます」

――え。いや、部長、無茶をしないでください。必ず救助しますので、そこでじっと……。

孔泉はスマホを切って、右隅のバッテリー残量を見る。あと42パーセント。ズボンのポケットにしまい、廊下側のドアを開けた。

第一展示室を通り抜け、出入口から周囲を窺う。右手にはカフェがあり、奥のガラス戸の向こうにテラスがある。左手にはトイレと休憩エリア、その向こうは第二展示室だ。足を忍ばせ、誰もいないことを確認する。孔泉は床に伏せて、匍匐《ほふく》前進で階段の側まで近づき、首を伸ばして階下を見やる。

ホールのエントランス寄りに様々な色の狐面が屯しているのが見えた。そのなかに赤狐の面はなく、孔泉は更に首を伸ばそうとしたところ、いきなり叫ぶような声がした。

「やめろ、なにするんだ。子どもじゃないか」

孔泉はとっさに首を引っ込め、これ以上ないほど平たく伏せる。

「黙れ、どけっ」

「駄目だ。銃を下ろせ。乱暴なことはしないと約束しろ。いや、あんたの約束なんか当てにできない。さっきも美術品には手を触れないといいながら、壊させたんだからな」

「うるさいっ」

どうやら仲間同士でもめているらしい。孔泉はまた首を伸ばして階段の真下辺りを覗く。赤狐に桃狐が摑みかかっている姿が目に入った。少し離れたところでスマホを耳に当てていた白の狐面が電話を切るなり、慌てて二人へ近づく。ふくよかな体型をしている。

「止めないか。赤狐、銃を下ろすんだ」

声の様子からして、もめている二人よりは明らかに年齢が上だとわかる。

「いいからこっちにきて、これからのことを相談しよう。予定が変わったんだ。再確認した方がいい」

態度も物言いも落ち着いており、「あんたは向こうに行っててくれ。大丈夫だ。約束は守る」と、恐らく桃狐に対してだろう、声をかけた。

細い体つきをした桃狐が、階段下にいるらしい玖理子らを見ながら、とぼとぼと離れて行く。年配の白面が赤狐に宥めるようにいう。

「感情的にならない方がいい。あいつは馴れていないんだ」

「ああ、わかってるよ。だけどさ、人質が人間になったんだから、こっちの分は相当良くなったんじゃねぇ？　しかも副知事なんだぜ。連中は案外、あっさり応じるんじゃないか。二十億といわずもっとふっかけたら良かったかな」

「いや金は」と白狐がいいさすが、途中で止めた。

赤狐はくしゃくしゃの長い髪をしており、声や話し方からして二十代か三十代前半くらいだろう。白狐は小太りで、歩き方からしても中年であるのがわかる。

孔泉は顔を引っ込め、ごろりと仰向《あおむ》けになり、思案を巡らす。

リーダーは赤狐だと思っていたが、小太りの白狐が主導権を握っているように感じられる。だとすれば今回のことを計画したのはあの男だろうか。

孔泉は更に思考を深くする。二人の会話を聞いた感じでは赤狐は金に執着を見せているが、白狐はそうではないようだ。二人のあいだに温度差がある。目的はそれぞれ別で、盗作の証明にこだわっているのが白狐ということなのか。

そして更に、細い体つきをした桃狐が気になる。二人とはまた違う感じがした。階段下には玖理子と野々川凛が囚われていて、恐らく銃でも突きつけたのだろう。桃狐は、子どもを庇うような言葉を吐いた。しかも壊された美術品について抗議したことからみて、子風の作品に疑いを持っているのはこっちの狐かもしれない。

「もしかすると」

野々川凛を思い浮かべ、一人の美術館関係者に思い至る。すぐに立川に確認してみようとうつ伏せになり、そのまま後ろに這って下がろうとした。そのとき、いきなり声がした。

「ああっ」

驚いて声の方を見ると、カフェの出入口に人影があった。黄色の狐面を頭の上にずり上げた若い男が、缶ビールを片手に唖然としていた。

【午後3時27分・佐伯子風邸前】

新生美術館のある鈴岡市から二十キロほど西南にある田間町という鄙びた場所に着いたのは、フェリーチェパークにある指揮車を出ておよそ十五分後だった。通常なら三十分以上かかるところだ。だが、為末を乗せた捜査車両はサイレンと赤灯で、通行する車両を蹴散らすようにして疾駆した。後部座席にいた悠真はシートベルトを締め、強引な追い越しで左右に激しく揺られるためアシストグリップを両手で握り続けた。

田間町の端にある小高い山を目指す。緩い坂を上り、竹林に挟まれた未舗装の道を抜けると視界が開けた。広大な敷地を取り囲む見事な築地塀《ついじべい》、その上から楠《くすのき》や松などの大樹が枝を伸ばしているのが見える。正面の和風門も見事な構えで風情がある。そこに縦長一メートルほどの表札というのか看板がかけられている。達筆の文字で『風露窯《ふうろ》』とある。佐伯子風の居宅であり、作陶場だ。その門の近くで、けたたましい音を響かせてやってきた悠真らの車を一課の刑事らが待ち構える。降りてきたのが為末だと知ると、刑事らは露骨に嫌な顔をした。

「おい、現状はどうなっている？　一課長はどこだ」

いきなり声を荒らげる為末の側に一課の班長がやってきて頭を下げる。確か、曽我《そが》といっただろうか。

「一課長は今、屋敷内に入って子風と面談をしておられます」

為末は警視で、一課の班長は警部だから、部が違ったとしても問われればなんでも答えなくてはならない。

「班長の曽我がなかに入らず、ここでなにをしているんだ」

捜査一課の班長はいわば現場指揮官で、事件を把握し、捜査方針を決めて、刑事らを動かす司令塔でもある。曽我警部は、強行犯係のベテランでこれまで数々の事件を解決に導いた、刑事部長も一目置いている人物と聞く。

曽我が落ち着いた声で、「集めた情報を精査し、攻めどころを得て今から乗り込むところです」と答える。

ふん、と為末は鼻息ひとつ吐いて、「その情報とやらをわたしらにも見せてもらえるか」と、珍しく気を遣うような物言いをする。曽我はにっと笑むと、もちろんです、と答えた。

班長の合図を受けて部下の刑事が、車のなかから束になった書類を取り出した。それを悠真らが乗ってきた公安の捜査車両のフロントの上に広げる。公安課員が目を凝らすのに、悠真も書類が落ちないよう手で押さえながら確認する。

　僅かな時間で、よくここまで調べられたなと感心する。今は、土日でも市役所の窓口は開いていて、一部の証明書類は発行してもらえる。本籍や住所地が県内であれば、戸籍関係の取得は可能だろうが、佐伯子風は本籍が隣県だ。それなのに、ちゃんと生まれたときから現在までの戸籍謄本、更には両親の除籍謄本、住民票まである。他にも学歴、前科前歴、学生時代の交友関係に始まり、趣味や特技、女性関係などを記した書面があった。特に、小谷野沙風に弟子入りしてからの資料の量が半端ではない。

　刑事部の底力を垣間見《かいまみ》た気がした。

「それでどういう攻め手でいくんだ」為末が訊いた。

「間もなく、子風の孫娘がきます。現在、芸術大学三年で、祖父と同じく陶芸家を目指しているそうです」

　それで？　と問うような目を為末は班長に向けた。

「子風がこの孫娘を特に可愛がっているという話を聞き込み、今、うちの部下が車に乗せてこちらに向かいながら——協力をお願いしています」

　為末の目が細くなる。周囲にいる公安課員がみな眉をひそめた。悠真は気になって、なにか問題でもあるんですか？　と隣にいる公安課員に小声で尋ねる。苦笑いしながら答えてくれた。

「協力ってのは、ようはこちら側につけさせるってことだよ。あることないこといって、いかにもお祖父《じい》ちゃんが昔、過ちを犯したという風に思わせ、孫として正してあげないといけない、とか。そうでないと、孫娘自身も陶芸家としての将来はない、とかいってさ」

「えっ、そんな酷い。それって脅しじゃ」

曽我が、フロントを挟んだ向こう側からじろりと悠真を睨みつける。だが、すぐに口元だけでにんまりと笑った。

「いやいや協力、ただの協力依頼だよ」

悠真は唖然とする。「しかし、関係のない孫娘にまでそんな」

刑事の一人が派手に舌打ちし、悠真はぎょっと目を向けた。

「公安さんのように上品なことしていたら、時間がいくらあっても足りないんだよ。副知事が人質になっちまったんだからな。だいたいお宅の頭もなかにいて、いつ人質になってもおかしくない状況なのに、なに呑気なことといってんだか」

その辺にしとけ、と曽我が止める。刑事は悪びれた様子もなく肩をすくめる。

どうやら、孔泉が美術館のなかにいることは周知されたらしい。秦副知事が人質になった以上、隠してはおけないだろう。

目を返すと、為末も公安課員も無表情のまま資料を繰っている。悠真も慌てて視線を落とした。

「師匠である沙風の身の回りに、例の作品を思わせるものはなかったのか」

為末が尋ね、曽我が頷きながら別の資料を広げた。

「沙風はまめな性格で、自身の作品やアイデアなど克明にノートにつけていたことまでは判明しています。実際、子風や沙風の遺族から現存するノートを全て提出してもらっているのですが。ただ、弟子である子風は高校卒業以来、ずっと沙風と起居を共にしていました。肝心な部分の書いてあるノートを隠蔽するくらいは容易《たやす》かったでしょう。既に処分されている可能性は高い」

そういって、曽我は古びた大学ノートを何冊か差し出す。為末や公安課員を見習って、悠真もなかをチェックする。

沙風は几帳面《きちょうめん》な人だったらしく、図案や形はもちろん、作陶の日時や天気、窯入れの状態、かかった時間に窯出しの様子まで、更には、そのときどんな人と会って話したとか、買い物のリストまである。ほとんど日記と変わらない。

「それに、沙風はノートをいい加減に保管していたようで、亡くなって以降、散逸して見当たらなくなっているものも一部あるとのことです。今も探させていますがひとまず入手できたのがこれだけということです」

為末が、ノートを捲りながら感心したようにいう。

「沙風という人は大様な人物だったようだな。こんな大事なノートを粗末に扱うとは。なくなったり、盗まれたりするといったことは考えなかったのか」

「そうですね。沙風自身、陶芸家としてはそこそこ名のある人だったようですが、人間的には問題があったようです」

「女か」

「はい」といって班長は、沙風の戸籍類や古い写真を並べた。先に広げた子風の関係書類より古びている上に量もそれなりにある。

悠真も為末の後ろに回って、首を伸ばして覗く。

佐伯子風の方は今の妻とその子、更に孫という標準的な戸籍や住民票で、特段変わった点はない。

一方の小谷野沙風は三度結婚し、三度離婚していた。それ以外にも愛人や恋人は結構いたようだ。

「全員を当たるのは難しかったですね。生存している方も少ないですし」

元妻のうち二人は死去し、一人は他県の老人ホームに入居しているという。二番目の妻と三番目の妻とのあいだにはそれぞれ息子や娘がおり、結婚していたり、海外に移住していたり、なかには若くして死亡している者もいた。孫が三十代から四十代の世代になるから、ひ孫もいて、と血縁者は相当な数に上る。

「それ以外にも愛人の産んだ子どももいるということです」

「沙風の線からは難しいか」

「そうですね。本人が亡くなっている以上、調べても大したものは出てこないかと」

「ふうむ」と為末はいって腕を組む。公安課員が見終わった書類を悠真はもらって、ひとつひとつ目を通した。

古い戸籍というものを初めて目にした。改製原戸籍といって縦書きの上、手書きで旧字体、しかも漢字とカタカナだから、なんと書いてあるのかひと目では理解できない。眉を寄せながら文字を追ってゆく。子どものいなかった一番目の妻は離婚後、親の戸籍に戻っていたが、それ以外は子どもがいたので新たな戸籍を作っていた。同じ戸籍に三世代が入ることはできないことになっている。

沙風には戸籍上の息子が五人、娘は三人いて、娘のうち二人が嫁ぎ、夫の戸籍に移っている。息子達の戸籍と娘の結婚した後の戸籍を見て、孫の存在を確認する。戸籍で確認できる限り、十人以上はいることになる。

若くして死んだ孫以外は、みな親の戸籍を出て、新たな戸籍を作っていた。さすがにこのころになると、パソコンの文字で横書きだ。見慣れた書類にほっとしながら、悠真は順々に追ってゆく。

十件以上の戸籍謄本や居住地を表す戸籍の附票に目を通すが、ざっと見ただけでは気になるものは見つからない。曽我がいう通り、沙風の線から当たるのは難しそうだ。為末も公安課員も、子風の関係書類に改めて目を通していた。

悠真もそちらに目を向けながらも、なぜか気になってもう一度、古い戸籍を手にした。沙風の三人の娘のうち末の子が、菱尾《ひしお》という名の家に養女に出ている。養親の戸籍はないかと探すとあった。さすがに一課のすることに抜かりはないと感心しながら文字を追う。養女となった娘はどうやら結婚せずに子どもを産んだらしい。息子である菱尾秀平と共に別の戸籍を作っていた。その秀平も結婚して母親の籍を抜け、その後、母親が死亡したのでその戸籍自体は除籍となっている。ややこしいなと思いながら、たくさんある書類を掻きまわして結婚した息子の戸籍を探すが、さすがにそこまでは揃えていなかった。仕方なく母親の除籍を隈なく見る。悠真は、秀平の婚姻日、配偶者氏名、新本籍を確認し、称する氏の欄を見た瞬間、目を剝いた。

「課長、為末課長っ」

公安課員だけでなく、曽我も一課刑事も鋭い視線を向けた。

「どうした」為末の大きな体がこちらを向く。

「課長、沙風の孫息子の一人である菱尾秀平が婚姻によって、称する氏が変わっています」

悠真が書類を差し出すと、為末が奪うように手に取る。曽我が公安課員を押しのけて横から覗き込む。

「沙風が養女に出した末娘の子どもが野々川梓《あずさ》と婚姻。妻側の苗字にしたのか。野々川だと？」

「野々川秀平」

曽我が口のなかで繰り返し、はっと目を開いた。「美術館の学芸員か」

「正確にはキュレーターですが、行方が今もってわかりません」

ちっ、という舌打ちが先ほどの刑事から聞こえた。さすがに今度の舌打ちは、自身に対するもののようだった。

「野々川秀平が小谷野沙風の孫息子だったか。なるほどな、そういうことか」

「じゃあ野々川が？」

悠真が問うと、為末は頷き、「例の藍塩釉の花瓶が子風のものでないと証明したがっているのは、この野々川である可能性が高い」という。それを引き取るようにして曽我が続ける。

「美術館占拠は、この野々川のたくらみ。少なくとも野々川が関与していますね」

「となると」と為末が口元を弛める。曽我が頷き、「ええ、野々川が花瓶を自分の祖父のものだと思い込むだけのなにかが、あるということですね」と思案顔をする。一秒の迷いもなく、刑事らに指示を出した。

「すぐに野々川宅に向かえ」

「ですが班長、まだこれだけでは家の捜索差押の令状は出ないのでは」

「いいから行け」

そういったのは為末だ。悠真が振り返ると、為末の目が蛇のように嫌らしく光るのがわかった。

「手段を選ばない捜査一課さんに負けてはいられないからなぁ。うちにはうちの奥の手がある。あんたらが野々川の家に着くころまでには令状を用意しておく」

悠真はまた唖然として口を開けるが、曽我は目を細め、「お願いします」と頭を下げる。そして、サイレンが爆発するように鳴り出し、捜査車両が走り出した。それと入れ替わるように、一台の車が竹林を抜けてこちらにくるのが見えた。子風の孫娘を乗せた車だろう。刑事の一人が尋ねる。

「どうしますか、班長」

曽我はちらりとも車に目を向けず、「学校の宿題でもさせておけ」といい捨てた。

【午後3時29分・美術館内】

孔泉の全身が一瞬で硬直した。

すぐに我に返って床から立ち上がると、全速力で駆け出す。第一展示室に飛び込み、真っすぐ廊下にある準備室のドアに向かった。

後ろから大声が放たれるのが聞こえた。

「おーいっ、誰かいる、男がいるぞ」

「なんだと」

「行け、捕まえてこい」

やり取りする声と共に、複数の足音が階段を駆け上がってきた。

孔泉は準備室に飛び込み、内側から鍵をかける。タッチの差で、ドアノブが揺すられ、激しく罵る声がした。

「ちくしょう、鍵をかけられた。誰か鍵を持ってこい。準備室の鍵だ」

その声を聞きながら、孔泉は反対側のドアを開け、バックヤードに飛び込む。エレベータに向かいかけるが、念のためにと左手奥にあるスペースへ走り込む。思った通り、非常口のドアがあり、近くには内部階段があった。残念なことに非常口のドアは一階と同様、酷く壊されている。こじ開けるためにバールのようなものがないか周囲を見渡すが、箱や板ばかりで見つからない。準備室に人が入った気配がして、孔泉は内部階段を一気に駆け下りた。

地階に出たところで足を止め、廊下にそっと顔だけ出して左右を確認する。誰もいないと見て飛び出す。ここには機械室のような設備とあとは荷解室《にほどきしつ》、警備員室などがある筈だ。そして一番大きな部屋は収蔵庫で、県立美術館が保有する美術品の数々が収納されている。エレベータは恐らくその部屋にある。

機械室と電気室というプレートがかけられている部屋を確認し、大きな壁に囲まれた部屋があるのを目にする。これが収蔵庫だろう。右に折れると広々としたスペースが現れた。搬入口らしく、トラックの後部が接着できるよう段差があってコンクリート面が見える。その先はシャッターで塞がれていた。孔泉は左手に目を返す。

そこにも収蔵庫ほどではないが部屋がある。たぶん、ここが荷解室。搬入された美術品の梱包《こんぽう》をここで解き、状態を確認して、適宜、保管する場所へ移動させるのだ。

となると、この先にあるのが警備員室と職員用出入口だろう。職員用出入口の方は防犯カメラがあるから近づけば見つかる。孔泉はシャッターを睨んだ。

この銀色の壁の向こう側では機動隊員や孔泉の部下らがいつでも行動できるよう待機しているだろう。叩《たた》いて助けを呼んだり、無理に開けようとしたりすれば大きな音がしてすぐに気づかれる。だが、敵の襲撃を受ける前になんとか抜け出せるかもしれない。今は一人なのだから。

対応としてはその方が絶対に正しいだろう。こういった状況下であれば、人質になる人間は一人でも少ない方がいい。孔泉が脱出できたなら、ここで得た多くの情報を元に、立川や為末や多くの部下と狐面グループに対抗する良策を練ることも可能だ。その方が警察官として、意義ある行動だ。だが——。

『そういう考え方、あたし嫌いじゃない』

野々川凜の黒い目が真っすぐ見つめ返した。孔泉は唇を嚙み、すぐに駆け出した。

「いないぞ。おかしいな。地下に向かったと思ったんだが」

「まさか外に出たとか？」

「それは大丈夫。職員用出入口は鍵もかけてあるし、あの白狐のオッサンにいわれてドアハンドルも壊したから、簡単には開けられない。シャッターの電源は落としているから動かないし」

「じゃあエレベータに乗って逃げたんじゃ？」

「それならホールの誰かが見つけている。ここのどこかの部屋に隠れているんだろう」

「どこかって、どこの部屋」

「そんなのわからん。片っ端から捜すしかないだろう」

「あの収蔵庫のなかもですか。物がたくさんあって、厄介ですよ。隠れられそうな隙間いっぱいある感じで」

「しようがないだろう。見つけなきゃ、白狐のオッサンはともかく、あの赤狐ってやつはすぐキレそうだし」

「だな」

「俺は奥の電気室とか見てくる。収蔵庫は複数で確認した方がいい。鍵は開けてある筈だから」

「じゃ、俺、収蔵庫捜すわ」

「あ、俺も」

「こっちのトイレとか見たら、あとで行く」

狐らが、それぞれ離れてゆく気配をドアの向こうで孔泉はじっと窺っていた。

そしてこちらへ近づいてくる足音を聞いて、孔泉は奥へと向かう。

電気が点けられる。

天井の灯りは確かに明るいが、部屋の隅々までを照らしはしなかった。なかには灯りを嫌う作品もあるから、照度も抑えてあるのだろう。

天井が高く、広さもこの階のほとんどを占めるのではないか。それほどのスペースを持ちながら、なかは物で溢れている。

天井に届きそうなほどの高さの木枠の棚が整然と並び、それぞれに様々な形の箱が収納されており、作品そのものが露出して置かれているスペースもある。巻物を入れた箱なのか、細長いものが相当数あり、ガラスケースを集めた一角もあった。

さすがに県立美術館だけあって収蔵品の数は少なくない。孔泉はそんな作品で埋め尽くされた棚のあいだをすり抜け、陰になるところに身を潜めつつ、狐面の姿を目で追う。

ひとまず収蔵庫に入ってきたのは二人だけらしい。黄狐と黒狐だ。あと二人ほどいた筈だが、他の部屋を見てからこちらに合流するのだろう。さすがに全員がいっせいに捜せば、孔泉が身を隠すことはできない。どうしようかと、唾を飲み込みながら思案する。

「俺はこっちから見る」

「わかった。じゃあ、俺はこっち」

そういって二人がドアを挟んで左右に分かれたのが見えた。二人のうち黒狐は銃を持っており、黄狐が棍棒《こんぼう》のようなものを握っている。棍棒を持った黄狐が孔泉の隠れている方へやってくるのに合わせて、棚や作品のあいだを移動した。息を殺して隙間からじっと視線を注ぐが、額やこめかみから汗が噴き出て、拭わないと視野が塞がれる。喉がからからになって口のなかが粘つく。

「ちぇっ、こんなに広くて物が多いとこを捜せってかよ。めんどいな」

そういっていきなり黄色の面を取って男は顔の汗を拭い出した。温度調整がされているから暑くはない筈だが、面で覆っていると息苦しいのだろう。ジャージのファスナーまで下ろして、しきりと顔を扇《あお》ぐ。孔泉は、ヨーロッパ絵画というラベルの貼ってある棚の隙間からそんな様子を見て、意外と若い男であることに僅かに戸惑う。三十代にはなっていないのではないか。表情にも歩き方にもだらしない雰囲気があって、勤勉な社会人ではなさそうだ。

唇の周りを拳で拭って孔泉は思案した。互いに言葉をかけ合う口調や赤狐と白狐に対する評価の感じから、親しい人間の集まりでないことは容易に推測できる。

恐らく寄せ集めの集団。ネットで募集した人間の集まりの可能性は充分ある。名前を覚えきれないから、わかりやすいように色違いの狐面にしたのだろう。

赤狐というリーダー格の男にも違和感があった。小太りの、連中が白狐のオッサンと呼んでいるらしい狐、あの人物こそがキーマンなのかもしれない。

「おーい、そっちはどうだ」

若い男は反対側のエリアに声をかけ、黄色の面を再び装着する。すぐに、「こっちにはいない」との返事がある。ちぇっと舌打ちして、また歩き出す。

孔泉は小さな呼吸を忙しなく繰り返しながら、周囲を見渡す。この部屋にいる限り、いつかは見つけられる。他の二人が合流すればいっそうリスクが高まる。その前になんとかしなくてはならない。

棚に貼ってある文字に目を走らせる。

中国の陶磁器。大きな壺《つぼ》や置物が数多くあるせいか棚ごとに、宋、明、清時代と大雑把な分け方で区切っている。そのなかでひときわ目を引く陶器があった。明時代のもので対になる色絵の壺が二つ。五彩の美しい文様を鮮やかに浮かばせて佇んでいる。

高さ二メートル幅三メートルの区画に置かれており、上の段には、その大きな壺用なのか段ボール箱が折り畳まれて載せられていた。

二つの陶器の壺は、高さが孔泉の身長を超え、一番膨らんだところで直径一メートル弱はある。テグスのようなもので固定されており、孔泉は棚の横枠に足をかけて身を乗り出し、口縁からなかを覗く。直径五十センチくらいで、少し下でくびれてはいるが細身の孔泉なら入れないこともない。なかで座り込むことはできないが立ったままならいけるだろう。

すぐ近くから狐面の声がして、孔泉は思わず息を止めた。

目を瞑っても瞑らなくても、暗いから同じことだ。光が僅かに差し込むが、怖くてそちらには顔を向けられない。ひたすらじっとしている。

「おい、これ怪しくないか」

「ああ。でかいな。人間一人くらい入れそうじゃないか」

「マジでここかもよ」

「よし、確かめよう。俺が倒すから、ちゃんと銃を構えてくれよな」

「え？　撃つのか？」

「当たり前だろ、銃持ってんだから。適当に引き金を引けば当たるって、あの白狐のオッサンもいってたじゃないか」

「うーん、人殺しはしたくないなぁ」

「なにいってんだ、今さら。相手は男だろ。歯向かってきたらこっちがヤバいって」

「だってよ――。金も手に入るし、派手なこともできるっていわれたけど、人殺しまでは聞いてないし」

「そうだけど。大丈夫だって、そんな簡単に死なないって」

「なら、お前がやってくれよ。ほら、銃」

「よせよ。いいから構えてろって。向こうの二人もくるから大丈夫だって。いいか、この糸みたいなの切るから。――よし、やるぞ。そっちに倒すぞ」

「あ、ああ」

孔泉は自分が息をしているのかどうかもわからない。汗が半端でなく噴き出て、心臓がばくばくと脈打つ。その音で勘づかれるのではとの激しい恐怖に苛《さいな》まれ、大声を上げたい衝動にかられた。それでもじっと動かない。

心のうちで何度も呟いた。もし見つかったらどうする。やはり、両手を挙げて恭順の意を示すのが一番だろう。だが、その前に発砲されたなら――。

孔泉はきゅっと目を瞑る。両手を拳にして唇に当て、悲鳴を漏らしそうになるのを塞ぐ。

物が壊れる激しい音が聞こえて、孔泉ははっと目を開ける。

「おーい、なんだぁ、今の音」

壺の側にいた二人の男とは別の声が、離れたところから聞こえた。

「いや、この壺のなかにいるかと思って」

壺の側で男が答える。

「いたか」

「いや、いない。おい、そっちの壺はどうだ」

「こっちもいない」

「ちぇ。奥を見ようぜ」

「ああ」

壺の側にいた二人の足音が遠ざかる。少しして、誰かが疲れたような声で、引き上げようといったのが聞こえた。

「これだけ捜していないんだ。きっと上の階だ」

ドアの開閉する音が聞こえ、やがて静寂が広がった。

孔泉はようやくまともに息を吐けた気がした。唾に塗れた拳を引き寄せ、硬くなった指をなんとか広げる。掌はじっとり汗に濡れていた。

ドアが閉まってから更に五分は動かずにいた。静けさのなかに、微かに空調の音が響く。その音を耳に捉えることができたことで、孔泉は自身が常態に戻ったことを知る。そっと体を起こし、周囲を囲っていた段ボールの箱を取り除《の》け、棚の上から見下ろした。

床には明時代の美しい壺が粉々の欠けらになって広がっていた。対になる壺は割られずにすみ、無事な姿のまま残っている。

孔泉は上の棚から、外枠を伝って床に足を下ろした。

この大きな壺を見たなら、きっとなかを疑うと考えたのだ。そちらに注意が向けば、恐らく上の棚にある段ボール類には気づかないだろう。だが、それはもはや賭けに近かった。やってきたのが二人だけだったのも幸いした。もし四人全員が壺の周囲にきたなら、誰か一人が壺の上の棚に目を向けた可能性があった。

孔泉は、床にしゃがみ込み、深く長い息を吐いた。

喉が渇いて仕方がない。収蔵庫のドアを開け、注意深く周囲を見回してから忍び足でトイレに向かう。用を足して、洗面所の水を思いきり飲んだ。濡れた口をシャツの袖で拭ったあと、すぐに隣にある警備員室に入る。机と回転椅子があり、孔泉は座ってスマホを取り出した。

応答を待ちながら、引き出しを開けてなかをごそごそ引っ掻き回す。カッターナイフを見つけてズボンのポケットに入れかけたところで、立川の声が聞こえた。

【午後3時30分・美術館内】

「おーいっ、誰かいる、男がいるぞ」

階段の上から、その声が聞こえた瞬間、玖理子は思わず目を瞑った。

「なんだと」

「行け、捕まえてこい」

すぐに複数の狐面がホールから階段を駆け上がる。下からその様子を見て、玖理子は思わず凜と顔を見合わせた。

「孔泉さん、見つかっちゃった」

凜が泣きそうな顔をするのに、玖理子は大丈夫だからと、根拠のない慰めの言葉をかける。

ホールには赤狐と白狐、そして細身の桃狐の三人が残っていた。そのうち銃を持っているのは赤狐だけだ。

白狐が今にも近づいてきそうで玖理子は息を詰め、じっとしている。やってきたのは桃狐の方だった。エントランスの方から赤狐と白狐がこちらの様子を窺っているが、小声で話せば聞こえない距離だろうと玖理子は判断し、思いきって口を開いた。

「あなた、凜ちゃんのお父さん、野々川秀平さんね」

細身の桃狐はぴたりと動きを止める。玖理子は声を潜めながらも強い口調でいう。

「普通にしていて。後ろの二人に怪しまれる」

玖理子が思わずしかめっ面を作るほど、野々川は不自然に体を揺らす。

「立ち止まらないで。動いて」

そういうと、玖理子らの周りをぐるぐる歩き出し、やがて面の奥から小声を漏らした。

「どうしてわかったんですか」

「そんなことより、あなたなにしているの。自分の娘がこんな目に遭っているのに平気なの?」

「へ、平気じゃない。なんで凜がここにいるのか、わけがわからなくて」

玖理子は隣で震えている凜に目を向ける。二つの目から涙が溢れ出そうだ。

「……お父さんの様子がおかしかったから。毎日どこかにでかけて、お酒を飲んで酔っぱらって帰ることが多くなったし、訊いてもなんにも教えてくれないから。気になって、佐伯子いないときにお父さんの部屋に入ったの。そうしたら美術館の図面を見つけて、佐伯子風の花瓶の写真が破って捨ててあった。そんなとき、電話で式典の日にちを変えるといったのを聞いて、凄《すご》く不安になったの」

「そうか」と玖理子は得心して頷いた。「それで心配になって美術館にきたのね。でも、お父さんの姿が見えないから、なかに入ってみた。そういうことだったんだ」

凜の言葉を聞いて、桃狐の全身から力が抜け落ちた。表情のわからない狐面が、戸惑いと苦悶に歪んでいるように、玖理子には見えた。今にも屈んで手を伸ばしてきそうな様子に、玖理子は小声で叱る。

「凜ちゃんがあなたと気づいても、知らない振りをして頑張っているのがわからないの。バレたら、あなたに危険が及ぶと心配しているのよ」

はっとした風に桃狐は背筋を伸ばし、腕を組むと体ごと横を向く。

「す、すまない凜。でも大丈夫だ。絶対、お前は無事にここから出す」

「お父さん、お願い」

凜の目から涙がぽろぽろと伝い落ちる。「もうやめて」

「凜――」

桃狐は狼狽《ろうばい》して両手で顔を覆おうとするが、面があるのに気づいて手を止めた。そんな野々川を見ていたらしい赤狐が突然、怒鳴り声を上げる。

「おい、あんた、なにこそこそしている。こっちにこい」

野々川は意を決したように駆け寄ると、赤狐でなく小太りの白狐にすがった。

「なあ、人質をとるなんてことは、最初の話と違う。誰も傷つけないという約束だ。あの二人は解放してやろう。万一、怪我でも負わせたら、大変なことになる。美術館の占拠だけの罪じゃすまない」

赤狐が、銃の台尻で野々川の背中を強く突いたのが見えた。短い悲鳴と共によろけてそのまま床に膝を突く。凜が、あっ、と声を上げたのを聞いて、玖理子はすぐに体をずらして視界を塞いだ。凜には見せない方がいい。

野々川は床に這いつくばったまま、まだ白狐にすがる。

「なあ、頼む。せめて子どもだけでも解放してやってくれ。あんな小さい子、いても邪魔になるだけだ。人質なら副知事だけで充分だろう」

玖理子は思わず野々川を睨みつけるが、野々川にしてみれば必死なのだ。

白狐が床に片膝を突くと、野々川の両肩を摑んで体を起こさせ、顔を突き合わせる。

「お祖父さんの無念を晴らしたいんじゃなかったんですか、野々川さん。今、佐伯子風に与えられている名声も富も、本来ならあなたのお祖父さんのものだ。ひいてはその孫であるあなたのものだ。キュレーターでありながら、美術館にこきつかわれるだけの現状に、あなたはずっと不満を抱いていたんでしょう。祖父の名誉を取り戻し、キュレーターとしての自分の立場を高めたいと、そういっていたじゃないですか」

野々川は、白狐の手を払うように身を引いた。玖理子はそんな二人の様子を凝視する。

耳をそばだてるまでもなく、白狐は明らかに声を大きくして玖理子にも聞かせようとしていた。

野々川の祖父ですって？　と玖理子は胸のうちで首をひねる。その人物の作った花瓶を佐伯子風が盗んだということなのか。玖理子は美術品のことをきちんと把握していなかったことを今になって後悔するが、野々川のおよその動機はわかった気がする。

野々川は首を左右に振り、床に手を突いたままあとずさりする。

「わ、わたしは誰もいない美術館を人質にするといわれたから協力したんだ。あんたが、そうすれば警察が本気で動いて、盗作を明らかにするだろうというから。だが、手を出さないといった美術品を壊した上に、女子どもを人質にした。話が違う。いったいどういうつもりだ」

「うるせえんだよっ、オッサン。俺らは花瓶なんかどうでもいいんだ。金が目当てなんだよ、最初っから」赤狐が癇性《かんしよう》のような声を放つ。

野々川は赤狐を見上げる。そして再び視線を落として白狐と対峙した。

「金？　そうなのか？　騙《だま》したのか？　祖父の盗作を明らかにするといったのは、全てわたしを利用してこの美術館の情報を得るためだったということか」

離れていても、玖理子には赤狐が面の奥で笑ったのがわかった。

「今さら遅いんだよ。あんたはもう一味なんだからさ」

野々川は肩を落とし、そして俯きかけた顔を再び起こすと、つけていた狐面を剝がして床に叩きつけた。

四十代くらいの男性の顔が現れた。面長で、一重の切れ長の目をしており、凛とはまた違った感じの風貌だ。ただ、濃い眉が酷似している。

「他の連中の目的は知らない。だが、あんたは、本条《ほんじょう》さんは違うだろう？　わたしと同様、不正を正したいという意志と貫きたい信念があったからこそ、美術館占拠を計画した。そうだろう？　決して欲得ずくの話じゃない筈だ」

野々川が怒りを滲ませながらいい募る。ホンジョウと呼ばれた白狐は答えず、じっと見返すだけだ。

玖理子は口のなかで、「ホンジョウ」と呟く。聞いたことのある名だ。それほど珍しくはない名だから違うかもしれないが、県庁にもそんな名の人間がいた気がする――いや、いた。頭の奥がちかちか光る。それほど昔の話ではない。玖理子は確かに、どこかで誰かからその名を聞かされている。あれはどこの部署だったか。思い出せない歯痒《はがゆ》さに頭を掻きむしりたい。

五十代くらいならベテランで、それなりの役職に就いている場合が多い。総務部なら秘書課、総務課、政策企画課が一番に思いつくが、ホンジョウという名に覚えはない。野々川がいった、不正を正したいという言葉から、予算関係を扱う財政課や財産活用課が過る。

あ、という形に口を開いたと同時に、ホンジョウが再び、話し出した。

「あなたのことを僕は、人として買っていたんですよ、野々川さん。他人の作品を盗むような人間が文化勲章を授与されるなどあってはならないと思うし、そのことを明らかにしたいという美術館キュレーターのあなたの廉直な志には共感した。僕自身にも同じ思いがあるからね」

そういってホンジョウと呼ばれた白狐が玖理子を向いた。明らかに玖理子を睨みつけている。

「な、なによ。いいたいことがあるならいいなさい」

玖理子は思わず叫ぶが、ホンジョウは黙って面を戻した。

野々川は玖理子を見、玖理子の後ろにいる凜を見つめて、再び懇願する。

「だったら、頼む。わたし達の目的は罪を糺《ただ》し、不正を正すことだ。誰かを傷つけることじゃない。あなたもこんな真似はおかしいと思っている筈だ。違いますか」

「そうですね、そう思います。ですが、今さら引き返せない」

「本条さん、これだけ騒ぎを起こして世間の目を集めたんだ。あなたの意志もわたしの望みも充分、伝えられると思う」

「うるせえっ」いきなり赤狐の声が響き渡って、玖理子も凜もびくんと体を揺らす。

「なにぐたぐたいってんだ。目的はなぁ、金を手に入れることなんだよ。最初っからずっと、そうなんだよ」

「そんな」

野々川が唖然とするなか、ホンジョウは黙って立ち上がると赤狐の側に歩み寄った。その姿を見て、野々川は打ちのめされたような表情を浮かべる。マズい、と玖理子は思った。

野々川が膝立ちになって、激しく首を振る。

「駄目だ。絶対に、人質には手を出させない。ぜっ――」途中で言葉を呑み込んだ。赤狐が銃を構えて、銃口を野々川の胸に向けたのだ。

「ひっ」と野々川が短く叫び、玖理子は瞬きを止めて体を硬直させた。そのせいで凜が異変を感じ、体を伸ばして野々川の姿を視野に入れた。

「お父さんっ」思わず叫んでしまった。玖理子が慌てて覆いかぶさるが、もう遅い。

「お父さんだとぉ？」

銃を下ろした赤狐が、すたすたと玖理子の方へと近づいてくる。そして玖理子の後ろに回ると凜の襟首を摑んで引きずり出す。玖理子は反射的に凜の服の裾を摑み、「駄目よ、やめなさいっ」と叫びながら力いっぱい引き戻そうとしたが、いきなり脇腹に激しい痛みが走った。肺を摑まれたような息苦しさで仰向けに倒れ込む。赤狐が玖理子を思いきり蹴りつけたのだ。

「玖理子さんっ」

凜の悲痛な声を聞きながら玖理子は、体を折り畳むようにして苦痛に耐える。涙が滲み、汗が噴き出す。息が止まって金魚のように唇をぱくぱく動かした。なんとか呼吸ができるようになって、顔を上げる。

凜がホールの中央まで運ばれ、赤狐の足下に転がされた。そして小さな頭に銃口が当てられる。

「やめろおぉっ」

野々川が立ち上がって飛びかかろうとするのを、赤狐の声が鋭く遮る。

「動けばガキを殺すぞ」

野々川が一瞬で固まる。そんな父親を凜は両手両足を縛られ、涙を流しながら見つめる。

横たわったまま玖理子は、悔しさと怒りで頭が爆発しそうだと感じていた。

【午後4時5分・警備部指揮車内】

「部長、ご無事ですか」

——立川さん、事態は更に悪くなりました。僕の存在を知られ、今、敵は必死で捜索していることころです。

「なんですって」

悠真は、立川に目で帰ってきたことを知らせ、そのまま隣の席に座る。そして唇を引き結んでスマホを注視した。指揮車のなかは新たな緊迫感に覆われる。

「いずれ見つかる。すぐに特殊部隊に救助に向かわせます。今、館内のどちらですか」

——いえ、それはやめてください。人質となっても、僕が警察官と知られない限り、命まではとられない、とそう期待はしています。

「そんなことわかりませんよっ」

珍しく立川が感情的に叫ぶ。

——とにかく時間がありません。この場所にいつまでもとどまっていられないので、急ぎ、わかったことを伝えます。

立川は軽く息を吸うとすぐに反応した。

「お願いします」

孔泉が、少し前に目撃した状況を端的に伝えてくる。

——気になったのは、小太りの白い狐面をつけた人物が誰かとスマホで話していたことです。

「つまり、外部に仲間がいると？」

——かもしれません。とにかく、狐面はそれぞれ目的が違っている。そんな印象を受けました。

「わかりました。部長、こちらからも報告があります」

——なんですか。

「佐伯子風が認めました。窯入れに入ったときに師匠の沙風が倒れ、その後を引き継いで、窯出しまでした。そのなかに例の花瓶があり、見事な出来だったのでよりわけて手元に置いていたそうです。その後、沙風が亡くなり、落ち着いたころ自分の窯から出したように装ったといいました」

——なるほど。どういった経緯で自白させましたか。

立川が悠真に目を向け、顎を振る。悠真は躊躇う時間も惜しく、手短に話した。

為末ら公安と捜査一課が協力して、野々川秀平の自宅を捜索した。そこで秀平の母親が持っていたと思われる小谷野沙風のノートを見つけ、更に捜索すると、美術館の図面、式典の予定に関する資料が出てきた。

一課長と為末、曽我班長が子風と面談し、ノートを見せて問い質した。

なかには娘への言葉が綴《つづ》られていたが、後ろの方に件の花瓶の作陶日誌のような走り書きがあったのだ。佐伯子風は最初こそ白をきろうとしたが、沙風は細かく、土こね、成形、焼いた作品の数、窯入れの日時まで記していた。その日時、窯に入れていたのは沙風の作品のみであることも書かれていた。

それらを突きつけ、ようやく自白させたのだった。

――そうですか。志倉さんもご苦労さまでした。立川さん、そちらの態勢はどのようになりましたか。

秦副知事が人質となった以上、これまでの警備態勢とは異なってくる。

「はい。太田本部長が特別捜査本部の本部長となり、わたしが副として補助します。勝山知事や県議長もこちらに向かっています。更に人員を増やすため、周辺の所轄から署員及び直轄警察隊を招集、特殊部隊に機動隊も全て集結させます」

――槌江の部隊もですか。

「え？　はい、今、こちらに向かっています」

――そうですか。

「部長、なにか？」

――ああ、いや。うん？

「どうしました？」

――ちょっと待ってください。

立川が口を引き結び、悠真も唾を飲み込むこともせずに動きを止めた。

――どうやら、僕を呼んでいるようです。

「犯人がですか？」

――はい。

悠真は唇を噛んだ。

孔泉が美術館内にいることを知られた。捜しても見つからないから、投降するように促したのだろう。なにせ敵の手には秦副知事と野々川凜がいるのだ。出てこなければ殺すといわれたなら、孔泉に選択の余地はない。

指揮車全体が身悶えた気がした。絶体絶命だ。きっと孔泉は――。

それでも立川はいう。

「部長、投降は待ってくださいっ。もう少しこのままで。すぐに対処法を考えます」

――立川さん、あとを頼みます。あの本部長では当てにならないですからね。

そしてスマホは沈黙した。

立川がいきなり拳を机の上に叩きつけた。滅多に見ない立川の激した姿に、悠真も他の課員らも息を呑み、そしてみな同じ悔しさと恐れに身を震わせた。

【午後4時15分・美術館内】

玖理子は忙しなく首を振って、視線をあちこちに飛ばした。

赤狐が、姿の見えない孔泉に、今すぐ出てこなければ、人質を殺すと大声で呼びかけたのだ。吹き抜けになったホールでその声は反響し、耳に痛いほど轟き渡った。

今、玖理子は凜と凜の父親である野々川秀平と共に、ホールの中央に縛られ座らされている。恐れていたことが起きたと、結束バンドの痛みも感じないほど両手を強く握り締めた。同じように縛られた父親に寄り添い、凜が不安そうな目を玖理子に向けている。大丈夫だと、いってあげる気力もない。

「いたぞっ」

その声に反応し、玖理子は赤狐と白狐が目を上げた方向へと顔を振り向けた。ゆるくカーブした階段を見上げる。中段くらいのところにワイシャツにノーネクタイ姿の孔泉が両手を挙げて下りようとしている姿があった。こんな状況でありながら、エリートは気取った風に歩くことができるのだなと妙な感心をする。顔の白さは変わらないし、細い目に動揺は見えない気がする。落ち着いているとしてもただの空威張りだろう、と玖理子は悲嘆の息を吐いた。

捜し回っていた四人の狐面がばたばたと階段下に集まり、一人が上って孔泉を摑むと引き倒すようにしてホールへ下ろし、床に転がした。取り囲んで、黒狐が銃を構えて狙いをつける。

「ようやく現れたな。ずい分、面倒をかけてくれたじゃないか」と赤狐が怒気を含んだ声で話しかける。

黒狐に小突かれて、孔泉は立ち上がるとホールの中央へと出てきた。玖理子と凜に視線を向け、「大丈夫ですか。ホールの真ん中で座り込んで、体は冷えたりしていませんか」と案じるように問いかける。玖理子は脇腹の痛みを堪え、小さく頷くことで答えた。

孔泉は凜の隣に野々川がいるのを見て、軽く目を見開いた。

赤狐が、「お前、なに者だ?」と訊くのに、孔泉は立ったまま見返す。

「秦副知事の秘書です」

「ふうん。副知事さんが捕まったのに、自分だけ逃げる気だったわけか」

そういって赤狐は玖理子を見下ろした。面の奥で笑っているのだろう。玖理子は、ふん、と顔を背ける。「秘書だって人間ですからね。命は惜しいでしょう」

「なるほどね。副知事さんはやはり人望がないと見える」

「やはり、とは？」孔泉が平然とした口調で問い返したのに、赤狐は思わず銃を下ろして孔泉に面を向ける。だが、口を開いたのは隣に立つ、ホンジョウという白狐だった。

「あんた、秘書にしてはずい分と落ち着いているな。なにがいいたい」

「いえ、ただわたしの知る限りでは、秦副知事は公明正大で、県議長であった父君の遺志を継いで県のため粉骨砕身されている立派な方だ。少なくともあなた方のような人間から誹《そし》られるいわれはないと考え」

うっ、と呻いて孔泉が体を二つに折った。赤狐がいきなり銃の台尻で腹を突いたのだ。

「ぐちゃぐちゃうるせえんだよ。俺はこういう澄ましたエリート面した人間が一番嫌いなんだ」

吐き出すようにいったあと、側にいる緑狐に結束バンドで縛るよう指示する。青狐が孔泉の身体検査をして、ズボンのポケットからカッターナイフを取り出した。大きな舌打ちをして赤狐に見せると、これみよがしに自分のポケットに突っ込んだ。緑狐が乱暴に孔泉を引き倒すと、両手を前にして手首と両足首を結束バンドで縛り、玖理子らの側に転がす。

「どこでカッターなんか」と玖理子は思わず尋ねた。

「……地下の、警備員室から」と孔泉が答え、突かれた腹が痛むのか、鼻に皺を寄せた。

凛が心配そうな顔で、「孔泉さん、大丈夫？」と呼びかけるのに、孔泉は大きく頷いて答える。

「おい」と赤狐が声を発した。「スマホは？　なんでスマホを持っていない。秘書なら必ず持ってんじゃねえの」

身体検査をした青狐が、なかったですね、と首を傾ける。孔泉が渋々といったように、

「地下で逃げ回っているとき、落としたんだ」と告げた。不審に思った赤狐が、「ちょっと探してこい」と指示する。黄と緑の狐面が頷いて、奥へと走り出す。孔泉がちらりとその様子を見、すぐに顔を戻す。

ホンジョウが、一歩孔泉に近づいた。

「お宅、いやに秦さんを買っているんだな。本当に副知事の秘書か。顔に全く見覚えがないんだが」

玖理子はぎっと睨みつけた。「この四月の異動で入ったばかりよ。さすがのあなたも、そこまでは把握できていなかったみたいね」

ホンジョウがはっとしたように動きを止めた。面越しではあるが、動揺したように玖理子には見えた。間違いない、あの男だと玖理子は確信し、思いきって口にした。

「あなた県庁にいたわね。あなた、ホンジョウ、本条聡《さとし》でしょう。県の財政課にいた。ようやく思い出したわ。なにをごそごそ調べ回っていたの。コソ泥みたいに」

本条は玖理子に近づき、真上から見下ろす。数秒間そのままで、やがて肩を上下させ

てため息を吐く素振りを見せた。

「コソ泥とは失敬だな。不正を正し、正義を貫くための、必要な任務だといってもらいたい」

「うるさいっ。泥棒に正義を語る資格なんかない」

玖理子は噛みついた。本条が体の脇に垂らしていた手を拳に変えたのがわかった。玖理子は、奥歯を噛んで腹に力を入れる。

孔泉は、大袈裟《おおげさ》なほどに玖理子をまっとうな人物と評した。恐らく、狐面らを煽ることで玖理子が本当はどんな人間なのか、どんなことをしたのか狐面らに喋らせようと目論《もくろ》んだのだ。こんな事態にあってまで、玖理子の秘密を暴こうとする孔泉の、いや警察官の執拗さに呆れ、身震いした。

だが、そんな孔泉の態度を見たからこそ、三人、いや四人もの人間が人質になった今、玖理子は己の保身だけにかかずらっていてはならないのだと、諦念の気持ちが湧いた。

本条という白狐の真意を知らないと、この先、自分達がどういう目に遭わされるのか予測できない。赤狐との会話から、明らかに本条が首謀者で、なおかつ他の狐面らとは別の意図があるように玖理子には感じられた。話を続ければ、孔泉に全てを知られるだろうが、玖理子はそんな迷いを吹っ切る。

「県のためを思い、県のためになすべきことを考え、どれほどの努力が必要なのか、あんた達みたいに銃を振り回して短絡的に事件を起こすしか能のない下衆《げす》にわかるわけがない」と玖理子は一言一句に蔑みを込めた。

「笑わせるな」

本条の口調が硬くなった。

「だったらいうが、知事や県議がしていることはなんだ。この県を国に売り渡すも同然だろう。みんな予算組みや政策案の歪《いびつ》さを知りながら、誰も声を上げようとしない。県議長と勝山は永年、なあなあの腐った関係を続けてきた。しかも保守も革新もいざとなれば県議長に迎合する日和見ばかり。それは結局、知事に加担するということだろうが。この県はそんな二人の思うがままだ。僕はそんな県政に愛想を尽かしたんだ」

玖理子は財政課内にいた職員の顔を必死で思い出す。名前に聞き覚えはあるが、顔となるとぼんやりとしか浮かばない。課長やよく口を利く職員はすぐに思い出せるのに、本条の顔だけぼやける。並んだ机の奥、影の薄い、表情に乏しい男性職員。いつも座っている姿しか見かけなかったから、体型まではわからない。だが、パソコンを打つ横顔が下膨れのようにふくらんでいた、あの男か。

「愛想を尽かした？　本条さん、あなたが退職した理由は、そんな上品な話ではなかったと思うけど？」

本条が大きく息を吸い込むのがわかった。そして玖理子に視線を当てたかと思うと、自ら狐面を取った。

「え、いいのか」と赤狐が戸惑った声を上げる。周囲にいる狐面もざわついた。

「それもご存じですか。なるほど、女性ながら副知事になるだけのことはありますね。秦さん、本当をいうとあなたが副知事になったとき、僕は期待したんですよ。県の首長と県議長が腐った関係を続けている、こんな歪んだ県政をなんとかしてくれるんじゃないかとね。ところが」といって本条は全身で息を吐き、眉を下げた。

五十過ぎの小太りの男。白髪の交じった髪、小さな目に上を向いた鼻、昼休憩のときも他の職員と歓談するでもなく、いつも一人でスナック菓子を頬張っていた。確か、一人暮らしで趣味らしいものもなく、職員同士の交流会にも参加せず、進んで孤立を通す。そんなようなことを財政課の課長がいっていたのを思い出す。

多くの職員を抱える県庁だから、そんな人間は少なからずいる。大したことではないと、玖理子も最初は気にしなかった。

だが、この本条に関してはそれだけではすまなかった。

「あなた、やっぱり例のグループの一味だったの？」

玖理子が問うと、本条は不思議そうに首を傾ける。「例のグループって……ああ、あれか。あれはね、僕を追い出したがった上司のでっち上げ、妄想ですよ」

他の職員がたまたま見かけたことから、本条が怪しげな店に出入りしていることが知れた。課長や職員にしてみれば、初めはなんだろう、という程度であったのだが、警察沙汰になってニュースで店のことが報道されたことから、問題となった。

本条が仕事帰りに立ち寄っていた店には、過去に爆破事件を起こした指名手配中の過激派グループのメンバーが出入りしていたのだ。

玖理子がそのことを口にすると、隣で孔泉が身じろいだのが見えた。野々川は不思議そうな顔で本条を見上げている。

「なに、そのグループって」

疑問を口にしたのは意外にも赤狐だった。知らなかったらしい。

「指名手配犯が警察に捕まったことで、本条さんも仲間ではないかという疑いが持ち上がった。課長が問い質したけど、あなたは、そんなグループとは関係ないといったそうね」

「ああ、そうだよ。そのとき……本当に関係なんかなかった。指名手配犯と顔を合わせたことはあったが、口を利いたこともなかった」

「そうね。あなたは否定した。だけど、疑いは消えなかった。それから間もなくしてあなたは退職した」

「させられたんだよ。酷いパワハラに遭ってね。抵抗する気力もなくした。心底疲れ果てたんだ」

「杞憂《きゆう》かもしれないが、危険分子は早めに排除すべきと部課長は考え、退職に追い込んだと、わたしはあとから聞かされた。気の毒だとは思ったけど本音をいえばね、そんな県庁職員がいては、差し障るという気持ちもあったわ」

突然、本条が弾けたような笑い声を上げた。愉快そうに腹を揺すり、わざとらしく目を拭う。

「あんた、なんにも知らないんだな。やっぱり、副知事になったのも女っていう理由だけだったんだ。所詮、男女共同参画のお飾りだ」

玖理子は唇を歪めて睨みつけた。

「僕が追い出されたのは、そんな理由じゃない。知事や県議長がやろうとしていることに、おかしいんじゃないかと文句をつけたからだよ」

「え」と玖理子は思わず声を出す。

「この県は腐っているといっただろう。必要もない公園や美術館建設、わけのわからないアーティスト作品に莫大《ばくだい》な金を使った。それ以外にも今すぐ必要のない事業の数々に県税を注ぎ込み、県の財政をわざとひっ迫させた。そうして国に地方交付税交付金や国庫支出金を増額してもらうよう働きかけた。もちろん、赤字財政というだけではそう簡単にはいかない。だから知事が考えたのは、国が望む施設を県内に誘致するということだ。違うか？」

孔泉の視線が向けられているのを玖理子は感じたが、気づかぬ顔で本条を睨みつけた。本条は言葉を続ける。

「国が望むもの、恐らくエネルギー関連施設、産廃処理場か、へたをすると米軍関係の施設くらいのことは考えていたのじゃないかな。そうなれば、その地域は国庫支出金どころか多額の税収入も見込まれるしね。財産管理課が県の土地や不要な不動産をリストアップしていたが、その広さはこの『フェリーチェパーク』の比じゃない。広大な土地だよ。そこには山林だけでなく自然保護区域まで含まれている。県議長がグルなら、そんな差し障りのある土地でも自由にできるよなぁ。規制基準を変えたり、条例を作ったりすればさ。あんたらは県の美しい土地や県民の安寧な暮らしを差し出して、国から金をせしめようと画策したんだ」

玖理子は目を伏せ、縛られて合わせたままの両手に力を入れる。

おかしな予算組みに、財政難に喘《あえ》いでいるなかで推進される必要のないインフラ事業、土地区画整備、大型施設の建造、果ては高価なお買い物。更に用途のはっきりしない財産管理課による土地の調査など、玖理子は何度も財政課や財産管理課にその理由や根拠を問い合わせた。だが、みな言葉を濁し、最後には知事案件だといわれ、勝山に直談判《じかだんぱん》したのだ。

玖理子なりにある程度の疑惑を持っていたから、追及の手を弛めず、勝山に迫った。

そして開き直ったように告げられたのが、本条の口にした、県を国に差し出すという話だった。

玖理子は地方自治の誇りはどこにいったのか、と激しい口調で詰め寄った。

だが、県の人口減少、特に働き手である年代層がいなくなることで税収入は減る一方。大きな企業の誘致もできず、第一次産業の収入も目減りするばかりで、観光客を集めるだけの売りもない。こんな県がこの先、どうやって生き延びられるのだと恫喝《どうかつ》された。

他になにか方法があるのかと睨まれて、玖理子は返す言葉を持たず、歯噛みするしかなかった。

県民の嫌がる施設なり事業を引き受けることで、国庫支出金や交付金、補助金を増額してもらおうと謀った。国に恩を売ることで、先細りする県の財政を維持しようとした。それは、県の自治を国に握られることでもある。たとえそうなっても今後の、更に高齢化し、減っていくばかりの県民の、その暮らしを維持するためには必要な手立てだと説得された。

金がいる。県が県でいるためには、まず金がいるのだ、と。

本条が蔑んだ声で滔々《とうとう》と語る。

「だが、県民は簡単には納得しない。だから県が危うい状況であることを明らかにするために、財政赤字を強調する必要があった。そのための策のひとつがこのフェリーチェパークだ。こんなものに金を使えば、県民が本当に暮らしのために必要としているインフラ整備や耐震施策、高齢者用の施設、生活困窮者の保護に回す予算などなくなり、どんどん捨ておかれてゆく。県民を追いつめることで、国との連携の重要性を訴える。県のためといいながら、県民を困らせる算段をせっせとしていたんだから、笑えるよな」

本条が卑屈な笑みを浮かべ、隣で赤狐が、うんうん、と頷く。知った風に、「お前ら腐っている」と吐き捨てた。

それが本条の真の目的なのか、と玖理子はようやく理解した。美術館を占拠し、注目しているマスコミや県民に向けて県知事らの不正を暴露すること。だから本条はお金にも子風の花瓶にも執着していなかったのだ。

これまでの態度からしても本条と赤狐のあいだに強い絆《きずな》や信頼関係があるようには見えなかった。赤狐や他の狐面は恐らく、本条から偽善者に天誅《てんちゅう》を下そうとでもいわれ、なおかつ金が手に入ると聞かされて仲間になった。金の欲しい赤狐や他の狐面は本条にいいように丸めこまれたに違いない。SNSなどで集められた烏合《うごう》の衆だろう。

「あんたらの歪んだ考え方に気づいた僕を上司は厄介払いしようとしたんだ。あらぬ疑いをかけられた僕は、腹を決めた」

本条が自分に酔ったように自説を開陳する。自分は正義を行っているといいたいのか、と玖理子は吐き気を堪えながら相手をする。

「そんなことのために美術館を占拠したというの？　県庁や県議、知事やわたしやパワハラをしかけて追い出した上司への恨みで？　それが正義の鉄槌《てっつい》だとでもいうの？」

「まあね」と本条がにやりと笑った。

「あなたは金に興味はないかもしれないが、そっちの狐らは違うんじゃないか」

孔泉が割り込んできた。縛られた両手のまま、腹を撫でながら白い顔を向ける。

赤狐が孔泉に顔を向け、銃を突きつけた。けれどなんとなく本条の態度を窺っている気配が玖理子には感じられた。孔泉がそんな二人を見ながら、平然と言葉を続ける。

「二十億もの金をいったいどうやって、この美術館から運び出すつもりだ？　外は警察官が取り囲んでいる。鼠《ねずみ》一匹這い出る隙間もない。対して君らは、男性ばかりみたいだが数は七人。しかも銃は赤と黒のたったの二丁。その程度の武器で、県警の機動隊相手に立ち向かえると本気で考えているのか。僕には、端から勝ち目のない勝負のように思えるが？」

玖理子も後押しする。

「そうか、本条に逃げるつもりはないんだ。捕まってもいいと考えているのよ。むしろそうすることで、県の不正を公にできると思っている。他の連中はそんな本条にいいように利用されただけ。そんなこともわからないなんてやっぱりバカの集まりね」

「うるさいっ、黙れ、クソババァ」

罵ったわりには、少し前ほどの迫力がないと玖理子は感じた。案の定、赤狐が銃を下ろして本条の横顔に面を向ける。

「おい、金のことは間違いないんだろうな」

本条が苦笑いを浮かべた。「おいおい、この連中に乗せられるなよ。あることないこといって我々を仲間割れさせようという魂胆なのがわからないのか？」

「いや、わかっているよ。ただ、確認しておきたい。俺らは金を持って無事にここから脱出できるんだよな」

本条がくるりと体を返し、赤狐に対峙する。そして視線を後ろで待っている二人の狐面にも順々にやった。

「大丈夫だ」と本条は大きく頷いた。「ちゃんと作戦は考えている。段取りと逃走経路は」といって狐面らを離れたところに集めて説明し始めた。

その隙に、玖理子は孔泉に囁く。「いったいどうするの。あなたまで捕まったら元も子もないじゃない」

「投降する前に部下に連絡を入れました。恐らく、強硬手段に出るでしょう」

「それって、まさか」

孔泉は白い顔をいっそう白くさせて頷いた。息苦しいのか縛られた手で器用に襟元をばたばたさせ、あろうことか革靴まで脱ぎ始める。

「いざというとき、裸足《はだし》の方がいいでしょう」と玖理子の足下に向かいかけた視線を慌てて止める。玖理子はとっくにパンプスを脱いでいた。孔泉の革靴の片方が玖理子の膝頭に当たる。

「野々川さん」

「は、はい」

　凜の父親は激しい後悔の渦に飲まれ、すっかり生気を失っている。

「佐伯子風は、盗作を認めましたよ」

「えっ」

「あなたの家にあった沙風のノートを元に刑事が問いつめた結果、ようやく白状しました。ただ、窯入れの途中で沙風が倒れ、自分が引き継いだからあの花瓶はできた。確かに盗作かもしれないが、自分の存在がなければあの作品が世に出ることがなかったのも事実だと開き直ったそうです」

「なにいってんだ。自分が焼いたから半分は自分のものだとでもいうのか？　およそ陶芸家を名乗る人間の言葉とは思えない。あさましいやつだ」

　そこまでいって、野々川はこれ以上ないくらい顔面を歪ませた。美術館占拠という犯罪をなし、あまつさえ大事なひとり娘を命の危険に晒している。そんな男が父親だと名乗ることこそあさましい。玖理子がわざわざ口にしないまでも、野々川には充分わかっていることだろう。

大きく項垂れて、すみません、といった。そして、「凜、ごめんな。父さんがバカだった」と呟いた。そんな父親の胸に、凜は顔を埋めて泣いた。

「ところで、あの本条という男はどうやってあなたに近づいたんです？」

「え？　ああ、数か月前、母親の遺品を整理しているときにノートの記載を見つけたわたしは、尋ねたいことがあると佐伯子風に面会を求めたんです。相手にされず追い返されるというのを何度も繰り返しているうち、とうとう交番の警官を呼ばれる事態になりました。あのノートは養女に出されたわたしの母を不憫《ふびん》に思った沙風が、娘への言葉を書き綴ったノートでした。ただ、最後の方のページに藍塩釉の花瓶のアイデアを書き込んでいた。そうとは知らず、家の物置に片付けていたのを見つけ出し」

「そういう話はあとで伺います。要点だけお願いします」孔泉が小声で叱る。

「あ、すみません。交番で説教されているのを見かねたといって、自分が責任を持つからと本条さんが助け出してくれたんです。県庁の職員の名刺を持っていたこともあって警官も認めてくれました。そのあと一緒に酒を飲んで意気投合して、つい、ことの顚末やら鬱憤やらを話したんです。わたしはキュレーターでありながら美術館ではただの事務員と変わらぬ扱いで」

「なるほど。本条は美術館関係者をマークしていて、あなたを見つけたということですね。それで、今回のことを持ちかけられた」

「そうです。最初は本気にしていなかったんですが。新しくできる美術館のオープン式典に例の花瓶が飾られると決まったことで仲間に加わることにしました」

「それで美術館の図面や警備状況などを教えた」

「はい。襲撃する日も今日と決められたので、式典の日どりを強引に変えました」

「え、日にちを？　式典の日は最初から決まっていたのではないのですか」

「ああ、いえ、本当はもっと前でした。本条さんからこの日になるようにしてくれといわれたので、わたしが館長を説得したんです。準備が整わないとかいって、これでもキュレーターですから、それくらいはなんとか」

「ふーん」と孔泉が細い目をいっそう細くした。二階の準備室に隠れていたとき、三人で話したことを玖理子も思い出す。次の展覧会まであまり日にちがないということだった。式典をずらしたので準備期間が通常より短くなったのだ。そのことを玖理子も孔泉も知らなかったのは、仕方がない。二人も代理での出席だ。本来の来賓には周知されたことでも、部下にまでは伝わらない。

だが、なんのためにこの日にしたのだろうか。その疑問が玖理子の頭に引っかかり、孔泉に訊いてみようとしたら、また野々川に尋ね始めた。

「わかりました。それで話を戻しますが、本条と意気投合したといわれましたが、本条自身はどんな鬱憤を抱えていたのでしょう。聞きましたか？」

「え、ああ、えっと。さっきいっていたようなことですね。この県も国も腐っているとか。世直ししなくてはいけない。国の平和も経済も全て強国に頼り切りだとか」

孔泉は、ふーむと、また唸る。

「あの、それがなにか。えっと、あなた、秦副知事の秘書ですよね。どうしてそんなことを」

いきなり後方から叫び声がした。

玖理子はぎょっと身をすくめ、ホールの受付カウンター寄りに集まっていた狐面らがみな声の方に振り向くのが見えた。

奥の通路から、黄狐と事務室にいる筈の橙狐がこちらへ駆け寄ってくる。二人は手を挙げて、なにかをひらひらと振り回していた。そういえば、赤狐にいわれて孔泉のスマホを探しに行っていたことを思い出す。

走ってくる二人が持っているのがなにかわかった途端、玖理子は、あっ、と声を出していた。慌てて孔泉を振り返ると、白い顔が強張っている。

「おい、こいつ警官だぞ」

橙狐が持っていたのは孔泉の上着だった。階級章のついた紺の制服。黄狐が持っているのは制帽だ。

「なんだと」

「どういうことだ。それはなんだ」

「制服だ。研修室の棚に隠してあった」

野々川は目を剝くが、凜は泣き出しそうな顔で孔泉を見つめている。

赤狐が慌ててやってきて銃を持ち上げ、銃口を孔泉に当てた。本条は表情ひとつ動かさず、やがて口元を弛めるといった。

「警官でしたか。どうりで」

【午後4時27分・警備部指揮車内】

悠真は微動だにしない立川の横顔に視線を当て、またすぐ机の上のスマホに集中する。側では県警本部から駆けつけた太田本部長が、ハンカチで口元を覆いながら同じようにスマホを睨んでいる。斜め後ろでは知事の勝山が腕組みをしたまま、ぴくりともしないでパイプ椅子に腰かけていた。

孔泉は、スマホを繋げたまま投降することにした。恐らく犯人らのいるホールのどこかにスマホを隠し、自分が人質になったあとのやり取りを指揮車に聞かせようと考えたのだ。その意図を察した立川は、すぐに指揮車にいる全員に沈黙を命じ、悠真に指示した。

「志倉、お前は耳がいい。部長や犯人の言葉を残らず聞き取れ」

「は、はい」

「広いホールのお陰で声が反響している。スマホは離れたところにあるだろうが、なんとしてでも声を拾え」

悠真は唾を飲み込み、一言一句聞き漏らさない、と自身にいい聞かせる。

その後、首謀者と思われる人物が元県庁職員の本条某《なにがし》とわかり、刑事部が動き出した。同時に、為末ら公安課員も本条の背後を調べるために指揮車を飛び出した。

秦副知事と犯人らのやり取りを聞いて、勝山が激しく動揺する。知事と県議長の腐った関係やそれを利用して国との連携を図ろうとしたこと、それにまつわる策謀の数々、そのひとつが必要のないこの新生美術館の建設であることが明らかになった。暑くもないのに、ハンカチで忙しなく汗を拭い、顔色を悪くさせ、睨みつける太田に対してなにかいいかけているのに気づいて、側にいた捜査員が慌てて勝山の口を塞いだ。立川の指示で、そのまま勝山を指揮車から連れ出し、なかに入らないよう厳命する。

太田はやれやれという風に首を振り、勝山の座っていた椅子に腰を下ろした。思いがけない事実が飛び出してきた。だが、今はそのことを糾弾している場合ではない。孔泉が警察官だと知られたのだ。

悠真は顔を引きつらせ、じっと立川を窺う。このままだと孔泉の身が危ない。

立川が眼鏡の奥で瞬きをし、そしてなぜか悠真を見た。立川が考えていることは、どうやら悠真と同じらしい。音声が入らないようにスマホを遠ざけると、立川は立ち上がって太田の正面で直立する。声を潜めながらも、はっきりと告げた。

「突入の許可をお願いします、本部長」

太田が僅かに仰《の》け反《ぞ》る。「勝算はあるんだろうな」

立川は一拍置いたのち、「はい」といいきる。椅子に座ったまま、悠真は息を吸い込んで喉の奥を鳴らした。緊張のせいか両手が小刻みに震え出し、悠真は慌てて強く握り締める。

「人質は必ず救え。ただし」と太田は言葉をきったあと、口早に告げた。「榎木警備部長はこの限りにあらず。いざとなれば、見捨てても構わん」

悠真は、む、と口を引き結び、太田を睨みつけた。だが、立川が強い口調で答える。

「了解です」

唖然とする悠真に立川が顔を向けるが、眼鏡のレンズが光ってどんな目をしているのかまではわからない。

「志倉、内部に関する情報は把握したか」

立川が尋ね、悠真はすぐに手元のメモを差し出す。

・犯人は七名。全員男性と思われる。（氏名が判明しているのは元県庁職員、本条聡のみ）

・ライフル銃は二丁。赤狐と黒狐が所持していると思われる。

・人質は秦玖理子副知事、榎木孔泉、野々川秀平・凜親子の計四人。

・人質は恐らく、ホール中央の床に集められ座らされている。結束バンドで制圧か。

・榎木部長、野々川秀平は犯人によって負傷した可能性有り。
これで大丈夫だろうかと、立川の顔色を窺う。

孔泉が囚われた状態になってから、我々に人質や犯人についての状況をそれとなく知らせているのに気づいた。それはつまり、孔泉自身、次は強硬手段が取られることを予測し、そのためにできる限りの情報を与えようとしてくれたに他ならない。

立川が納得したように小さく頷いた。

「よし、よくやった、志倉。すぐに突入態勢に入れ」

「はいっ」

悠真は機器前から離れ、別の無線を握る。

「まず、機動隊の横山隊長を呼び出すんだ」と先輩が教えてくれる。その声が震えているのに気づいて、悠真は妙な安堵を感じた。誰もが、この異常事態に興奮し、畏怖し、そして強い使命感を全身に滾《たぎ》らせているのだと知ったからだ。

「なんとしてでも全員、助けましょう」

思わず悠真は口に出してしまい、慌てて掌で押さえる。側にいた先輩課員がちらりと視線を向けたあと、緊張した顔つきのまま頷いてくれた。

「機動隊員と特殊部隊の配置を再度、確認」

「突入口の状況を報告」

「武器及び射程距離の確認」

「周辺の安全確保」

「救急車両を増やせ」

「マスコミ、野次馬全て排除だ」

密《ひそ》やかながらも次々と、指示が飛び交う。

悠真は全ての手筈を終えたのを確認し、再び立川の側に戻った。

「課長、突入の時刻は」

立川が黙ったまま、動かない。少し待って、もう一度、声をかけてみた。立川は深く考え込んでいたらしく、ふっと意識を戻したように顔を上げた。

為末はどこだ？　と尋ねるので、悠真は、「本条の裏を調べに出ておられます」と答える。

「志倉、犯人とのやり取りを再生して聞かせてくれ。本条と副知事の会話が始まったところから、早送りで」と命じた。

悠真はすぐに機器を操作する。立川がイヤホンをつけるのに合わせて悠真も装着し、耳を澄ませて会話に集中した。何度か立川が停めるよう合図し、再び巻き戻して再生。それを繰り返す。

玖理子に問われて本条が、『ああ、そうだよ。そのとき……本当に関係なんかなかった。指名手配犯と顔を合わせたことはあったが、口を利いたこともなかった』と答えるのを何度も聞き直した。やがて、立川にもういいといわれ、悠真はイヤホンを外した。

意図がわからず、首を傾げたまま待っていると、「スマホを貸せ」と立川が手を差し出してきた。立川のスマホは孔泉と繋がったままだから、悠真は自分のスマホを取り出して渡す。立川が口元を掌で覆いながら、「為末か」と問いかけたあと、なにやらいい合う気配がした。結局、為末が受け入れたらしく、立川は安堵した表情でスマホを耳から離した。くぐもった声だったのではっきりとはわからなかったが、ただ、槌江という言葉だけが悠真の耳に残った。

スマホを返す立川に、「どうかしたんですか」と尋ねる。立川はなぜか戸惑うように首を傾け、「考え過ぎかもしれないが」と途中で言葉をきった。悠真は続きを待っていたが、立川はもうなにもいわなかった。

全ての準備が整ったとの連絡が入った。

悠真がもう一度、「課長、突入の時刻は」と訊く。今度はすぐに返事がきた。

「合図は榎木部長がする」

そういって立川は、孔泉と繋がっているスマホにそっと耳を寄せた。

【午後5時11分・美術館内】

「あんた名前は」

赤狐が問うのに、孔泉は軽く首を傾げる。「自分の名前を名乗らない者に教える名前はないが？」

それを聞いて玖理子は目を瞑り、野々川は口を半開きにし、凜が父親の胸にしがみついた。なにもわざわざ一番厄介な赤狐を怒らせることもないだろうにと思うが、今さら仕方がない。玖理子は逃げる振りをして、野々川の後ろ側へと体をずらす。

案の定、激高した赤狐が銃を振り回して喚き始めた。更に口答えしたから、孔泉は台尻で腹や顔面を執拗に殴られ、白いシャツに血が飛び散る。玖理子は思わず目を背け、凜にも見るなと首を振ってみせた。孔泉が呻き声を上げて床に伏したところで、本条が止めに入る。

「交渉を始めるぞ。赤狐、こっちにきて電話をかけろ」

大きな舌打ちを放った赤狐がライフルを肩に担ぎながら、受付カウンター近くにいる本条へと体を向けた。

「しっかり見張っておけよ」

赤狐が捨てゼリフのように告げるのを黒狐が片手を挙げて応じる。

「大丈夫ですか。酷いことをする」

野々川が震える声で横たわる孔泉を見下ろす。

うーん、といいながら孔泉が床に伏したまま、体を横に伸ばした。その様子を見て、玖理子は狐面らに背を向けるよう体を動かし、手のなかに隠し持っていた小型の鋏《はさみ》を取り出す。孔泉と野々川の体に隠れて、まず、凜の結束バンドを切った。

小さな鋏は、孔泉の革靴の底に隠されていた。カッターナイフを見つかるようにズボンのポケットに入れ、肝心な鋏を靴の底に潜ませたのだ。そして靴を脱いで、玖理子に鋏の存在を知らせた。そのことに気づいた玖理子は、すぐさま取り出して合わせた両手のなかに包み込んだ。そのことを野々川にも凜にも知らせ、タイミングを待った。

孔泉が赤狐を煽って意識を向けさせた。そして、自らの体と野々川を使って玖理子の動きを狐面から隠そうと図った。野々川が、背にある娘の動きに神経を集中させながら、鋏の音が聞こえないよう時折、孔泉に呼びかける。

両手が自由になった凜は、玖理子から鋏を受け取り、足のバンドを切る。そして、玖理子の手のバンドを切りかけるが、恐怖で両手が震えるところに、きつく締められていて刃先が入らなかったのだろう、あ、と思ったときには、鋏が床に落ちていた。小さな金属音がした。

見張りに立つ黒狐が顔を向ける。

野々川の背が固まり、凜が泣きそうな顔で玖理子を見つめる。黒狐が孔泉の体を回ってこちらへと歩いてくる。凜の唇が恐怖で震え、今にも涙が溢れ出そうだ。玖理子はそんな凜の顔を真っすぐ見つめ、諦めてはいけないと目で訴える。凜が素早く両手を合わせて縛られている風を装い、足も揃えて顔を俯けた。

黒狐が玖理子へと近づいてきたとき、「ねえ」と呼びかける。

足を止めた黒狐に、「ちょっとおトイレに行きたいんだけど。こんな床に座らせられたら冷えるのよ」といった。黒狐が戸惑うように首を左右に振り、「今、音がしたよな」と少し離れたところにいる青狐に問いかける。

「え。なに？」

「なんかカチンというような音がしなかったか」

「いや、俺は聞こえなかったけど。気になるなら調べれば」

玖理子は歯噛みし、再び声を張った。

「ちょっと、トイレに行かせてっていっているじゃない。なによ、ここで漏らせとでもいうの？　これでも県の副知事よ、そんなみじめな姿にさせて、あんた達、ただですむと思っているわけ」

黒狐が鬱陶しそうに体を揺する。カウンターの方から本条が、どうしたと呼びかける。

「え、いや、このおばさんがトイレに行きたいって喚くんです」

本条はあからさまに息を吐き、「もう少し待ってもらえ」とだけいって、またスマホを握る赤狐へ体ごと向けた。

「だってさ。悪いね、おばさん」

玖理子は、本気で黒狐を睨みつける。その殺意にも似た気迫に怖《おじ》けたのか、黒狐は青狐の方へと歩いて行った。

ほうっと、声のない安堵の声が四人のなかに広がった。

「ごめんなさい」凜が囁くのに、玖理子は首を振って笑いかける。

「ううん、凜ちゃんは凄いよ。こんな状況、大人だって耐えられない。大丈夫、ゆっくりでいいから」

野々川が背中越しに、「頑張れ」と囁く。

凜は小さくもしっかりと頷くと、再び鋏を手にして玖理子に向き合う。

「遠慮しないで差し込んで」

凜は手の甲でぐいと涙を拭うと、躊躇うことなく鋏を突き出した。

【午後5時29分・警備部指揮車内】

「金は用意した」

赤狐からの電話に、立川が答えた。

――本当か。

赤狐が喜びを滲ませる。悠真はイヤホン越しに声を聞き、その奥に孔泉なり玖理子なりの声が聞こえないか必死で耳をそばだてる。

「副知事と子どもが人質となった以上、やむを得ない」

耳ざわりな笑い声がイヤホンから溢れ出て、悠真は思わず少し離した。

――もうひとつ教えてやろう。人質は四人になったぞ。

「なんだと。どういうことだ」

立川は知らない振りをして続ける。

――おいおい。今さら、しらばっくれるなよ。お宅の仲間が館内にいたことはとっくに知っていたんだろうが。

「むう」と立川が悔しそうに唸る。

――まあ、警察官が人質になったって一文の値打ちもないがな。

「それでもう一人は誰だ」

――ああ、野々川だよ。ガキの父親。しかも、元桃狐。

「どういうことだ。仲間割れか」

――ふん。端からこのオッサンのことは仲間だとは思っていないよ。美術館のことを知るために、ちょっと利用しただけだ。

「なんてやつらだ」

――まあ、そんなことはいい。とにかく人質の命と引き換えだ。二台の車を搬入口の側まで運んでこい。車にも金にもＧＰＳや発信機みたいな妙なものは付けるな。

「シャッターの前か」

――そうだ。そして金を鞄に入れて後部荷物置きに置け。ドアは開けたままにするんだ。金と車を置いたら、半径五十メートル以内に警官の立ち入りは禁止する。道路は坂を下って合流するところまで警官もバリケードも全て排除しろ。

「半径五十と下りだな」

悠真は机の上の地図に指を置いて辿る。搬入口の前は片側一車線の道路が山際を迂回するように走っている。つまり、道の反対側は山肌で警官は道路上に散らばっているから通行できるようにしろということだ。ここから下りて合流するまで途中には未舗装の脇道がいくつかある。犯人らはそのどれかに逸れるつもりかもしれない。だが、それも悠真らは既に想定ずみだ。

——いいか、特殊部隊もだぞ。山の上から銃で狙ってんじゃねえぞ。警官の姿がちらりとでも見えたら、まず、ガキを殺す。俺のすぐ側に置いているからな。

「大丈夫だ。いわれた通り、誰も近づけない」

——よし。金がちゃんと鞄に入っていて、車に積まれているか、その車がシャッターの前に置かれているか、動画で撮って送れ。

「動画だな。わかった」

——いいな。妙な真似をするな。少しでもおかしいと思ったら遠慮なくガキを撃つ。そして車には副知事も乗せる。警察の追跡がないとわかった時点で解放だ。

「それは駄目だ。連れて行くなら警官にしろ」

——バカいえ。貧相な体型でもお巡りはお巡りだからな。連れて行くのは副知事だ。

「……わかった」

——俺らが安心できるところまで逃げたら、無事に放す。約束する。

「確かだな。それまで絶対、手荒な真似はするな」

——はいはい。わかってるよ。

そうしてスマホは切れた。

ほおっと、悠真は息を吐く。指揮車のなかもひとまず最初の緊張が解けた感じだった。太田本部長は腹立たしそうに顔を歪めているが、さすがになにもいわない。次は、孔泉のスマホから、いつ突入の指示が出るかだ。

悠真はペットボトルの水をひと口含んで汗を拭い、孔泉の繋がったままのスマホに顔を寄せる。立川が小さく呟くのが聞こえた。

「あんなやり方で二十億もの現金が運び出せるわけがない」

【午後5時40分・美術館内】

玖理子と凜、そして野々川の結束バンドは全て切り落とせた。気づかれるとマズいので、切ったバンドを手に回して、締められているのを装いながらじっと身動きせずにいる。

横たわっている孔泉のバンドを切ろうと野々川が手を伸ばしたとき、赤狐と本条がこちらへ近づいてくるのが見えた。

どうやら警察とのやり取りを終えたようだ。

赤狐がライフル銃をぶらぶら下げながら、機嫌良さそうに体を弾ませる。交渉がうまくいったのか、近くにいる五人の狐にも軽口を叩く。狐達は全員集合だ。なかの一人が嬉《うれ》しげに近寄り、「赤狐さん、うまくいったんですね」と尋ねた。

「ああ、ばっちりよ。なあ、本条さん」

「俺達は地下に行けばいいんすよね」

狐達が口々に確認するように喋り出す。

地下の搬入口のシャッター前に現金を積んだ車を待機させ、周囲から警察官を排除し、車に乗り込んで下り道を全速で走り抜ける。切れ切れだが、会話からそんな風なことが玖理子の耳にも届いた。玖理子は最後まで犯人と行動を共にさせられるようだ。

けれど果たして、そんなやり方でいけるものなのか。素人なりに疑問が湧く。万一、うまく車に乗り込めたとしても、どうやって警察の包囲網を抜け出すというのだろう。

「という風に見せかけてだな」と赤狐が肩を揺すった。

玖理子は思わず耳をそばだてる。

「本当は違うんですよね」

「そうさ。いわゆる見せかけの戦術さ。な?」と隣の本条の肩を叩いていう。「実際は、ドローン爆弾」

それを聞いて玖理子ははっと上半身を仰け反らす。野々川も驚いたように顔を上げる。脱出方法までは聞いていなかったようだ。

なるほど、警察には単純な逃走方法をほのめかして、別の手段を用意しているということか。不意打ちを狙うつもりだろう。やはり野々川は利用されるだけされたあと、最後には捨て置かれる立場だったのだと玖理子は憐《あわ》れに感じる。野々川もそうと気づいて、改めて肩を落とす。その背に凜が体ごと寄せた。

「シャッターを開けるのと同時に、本条さんの仲間がドローンで爆弾を投下することになっている。その混乱のなか、一気に上り車線を爆走するんだ。邪魔だてするやつは片っ端から撃ちまくる」

そういって赤狐はライフル銃を構えて、発砲音を口真似しながら左右に振り回す。

そんな話を玖理子らに聞かれることを承知で、自慢げに喋る。それはつまり、実行のときが近いということではないか。玖理子は眉間を寄せ、唇を舐めた。

ふいに赤狐が銃を揺らすのを止めて、こちらを窺う素振りを見せた。玖理子は、バンドが外れているのを気づかれたかと全身を凍らせる。野々川も壊れた人形のように動きを止めた。

「まあ、それでも念のため、人質は連れて行く。いいな、本条さん」

本条は、はっと顔を上げるとスマホをポケットに突っ込んだ。画面を見ていただけだから、LINEか時間でも確認していたのか。仕方なさそうに肩をすくめる本条を見て、改めてこの男の目的は、なんだろうと玖理子は考える。

さっきはあれほど、知事や県議長の不正に怒りをあらわにして熱弁をふるっていたのに、今は赤狐らだけでなく玖理子らも眼中にないかのようだ。なにか他のことに気を取られている表情をするかと思えば、神経質そうに体を揺らしたり、頻繁にスマホを見たりと、緊張している様子が窺えた。

「邪魔だが、いればいざというとき俺らの盾にできるしな」

赤狐がいうと、黄狐が大きく首を縦に振る。

「そうっすよ。警察には遠距離から狙い撃ちできる凄い部隊があるんでしょ。あれ、やばいっすよね」

「特殊部隊な。確かにあれは厄介だ。他にも機動隊やら体力しか取り柄のない連中が取り囲んでいるからな。油断はならない」

「そんななか、ちゃんと車は出られるんすかね」

不安そうな声の黄狐に見られて、本条は、「大丈夫だ」とはっきり答える。

「今、特殊部隊や県内の全ての機動隊がここに集まっている。だが、その数の多さが裏目に出る。爆弾の投下で混乱をきたし、表玄関にいる幹部連中は右往左往する。玄関と搬入口で部隊は分裂し、まともな攻撃も防御もできなくなる。そして、ここさえ突破できれば、道路上はなんの不安もないから、逃げきれるということだ。県道を下ると見せかけて上り、そのまま山の向こう側に回って他県に入る。そうなれば、あとは全く問題ない」

「ホ、ホントっすか。でもよその県にだってお巡りはいるじゃないですか」と今度は橙狐が疑うような声を上げる。

「大丈夫だ。警察の連携はそれほど敏捷にはいかない。坂を下ると思わせているからなおさらだ」

「な、なるほど」

それにな、と本条がゆったりとした笑みを浮かべる。

「外にいる僕の仲間がフォローするんだ。君らと違って、こういうことに慣れている。警察の裏をかいて逃げおおせている連中なんだからな」

「そうか。そうですよね」と橙狐が他の狐面を振り返ると、揃って首肯する。

「俺らは二十億を手にできるんだ」

「そうだ。二十億だぜ」

「す、すげえ。俺、なにに使おうか」

「えっと一人いくらだ」

「おいおい。俺と本条さんで五億ずつだぞ。わかってんだろうな」

赤狐がゆらりとライフル銃を揺らす。

若い黄狐が、「あ、はい、そうでした」と慌てて頭を下げる。

こそこそと、一人二億か、野々川が外れて五人になったからラッキーだとか囁き合っている。ふいにすぐ側から声が聞こえた気がした。孔泉の声のような気がして、玖理子はすぐ前にいる野々川に尋ねると、首を傾けながら、「全ての部隊か、とかなんとか呟いたみたいですね」と教えてくれる。どういう意味なのか直接訊こうとしたら、赤狐の声がした。

「本条さん、さっきいった外の連中の準備はいいのかい」

本条はこちらに背を向けていた。スマホを操作していたらしく、赤狐が問うのを聞いて慌ててジャージのポケットに突っ込む。

「ああ、順調だ」

「じゃあ、そろそろ地下に下りますか」

「あ、いや、もう少し」といって赤狐を止める。「ドローンの準備にもう少しかかるといっているから」

「はあ、そうすか」

そういえばさっき、外にいるのは本条の仲間だといっていた。玖理子は心のなかで首をひねる。本条に仲間がいるのなら、どうしてその仲間と一緒にせずに、寄せ集めの集団で立てこもりを実行したのだろう。そんな素朴な疑問が玖理子の頭に湧いた。

考えられるのは、人数が少ないからだ。とすれば外にいる仲間は一人か二人？　若しくはドローンを扱えるのがその本条の仲間しかいなかったから？　そういうことなのか。

じっと考え込んでいると、凛がつんつんと膝頭を指で突《つつ》いた。

玖理子ははっとして、凛を見る。凛は不安そうな顔で、目だけで野々川を示す。

「はい？」

小さく返事をすると、野々川の向こうから孔泉の掠れた声がした。

「副知事、いつでも、動けるように準備して、ください」

蹴られたところが痛むのか、口調が弱々しい。それでもはっきりと指示する。

「突入は間もなくです。あなたと野々川親子は、二手に分かれてください。そうすれば、追う方は慌てるし、手薄にもなる」

「わかった。わたしはなんとか階段を駆け上がる」

玖理子は答え、狐らの視線を避けながら足を伸ばして筋肉をほぐす。いざとなれば手をつき、這ってでも上ろうと考える。野々川が背中を向けたまま、「わたしは凜と共に奥の事務室の方へ走ります。今はそこには誰もいない筈ですから」と囁く。こちらも両手で脚を撫でさすっている。凜が小さく頷き、「孔泉さんは？」と訊いた。

孔泉は聞こえなかったのか、それには答えず、「今、何時ですか」と唐突に訊く。野々川が腕時計を見て、もうすぐ六時ですと教えると黙り込んだ。

「なんなの？　時間がどうかした？」

「僕は考え違いをしていたかもしれない」

「なに？　どういうこと？」

玖理子は尋ねるが、孔泉は無視して突入のことに話を戻した。

「一味が慌て出したらすぐに突入です。窓やドアを破る音のあと催涙弾、発光弾が投げ込まれるでしょう。銃声もするかもしれません。煙を感じたら口を覆って目を瞑り、体を屈めた状態で、片手を振ってください」

「敵のライフル銃は？」玖理子は一番の懸念を口にした。野々川が背を強張らせ、凜が不安そうに玖理子を見上げる。

「大丈夫です。なんとかします」

「なんとかって」

玖理子が口を大きく開けて、更に問いつめようとしたら、目の端に赤狐が動くのが見えた。すぐさま顔を俯け、両手を合わせ、両脚を折り込む。

赤狐は、体格のいい青狐を連れて近づきながら、「おい、副知事はお前が捕まえていろ。俺はガキを抱える」と命じる。

野々川がぎょっと体を起こした。

赤狐が凜の方へ、青狐が玖理子の方へと回る。

どうしようと焦る気持ちと恐怖が全身に張りつく。今、バンドが外れていることが知られるとマズい。かといって逃げ出せば、まだ縛られたままの孔泉を見捨てることになる。だが、このままではまた縛られ、突入が起きたとき動けず、まとめて殺されるかもしれない。

頭のなかを混乱と焦燥と恐怖が合奏のように鳴り響き、思考がまとまらない。赤狐と青狐が徐々に近づいてくる。

どうしよう。逃げるか。今なら、赤狐も油断しているから銃を構えるのに手間取る。勝算はある。だが、孔泉はどうする。頭の隅には、警察官なのだから捨て置いても問題ないという理屈が瞬いている。実際、そうしたとしても孔泉も誰も責めたりはしないだろう。だけど、と玖理子は思う。

いちいち腹の立つい い方をする孔泉だが、玖理子らが捕まっても逃げたりしなかった。赤狐の脅しに屈し、玖理子らを守るため自ら姿を現した。警察官だから、警備部長だから当たり前という話ではないだろう。警官だって人間だ。命も惜しい筈だ。

『ずっと一人で生きるということはとてつもなく寂しく、そして恐ろしいことのように思えた』

無表情にそういった孔泉の顔が頭を過った。人を慕う気持ちが強いのかもしれない。だからこそ警察官という職を選んだのか、と腑に落ちた。

玖理子は視線を流して、もうひとつの銃を探した。黒狐が受付のカウンターで他の狐面と話し込んでいる。ストラップを肩にかけ銃をぶら下げたままだ。

もう一丁は赤狐で、こちらは撃つのにも慣れている感じだから危ない。玖理子と野々川親子が逃げ出せば、縛られたままの孔泉は赤狐に撃たれるかもしれない。なら、どうする。

赤狐がわざわざ孔泉をまたぎ、野々川を押しのけ、凜に手を伸ばした。

玖理子の前には青狐が立つ。

「あれ？」と赤狐が凜の手元を見て呟いたと同時に、孔泉が、「逃げろ」と叫んだ。野々川が横から赤狐に体当たりして突き飛ばすと、そのまま凜を抱えて駆け出す。

玖理子は立ち上がると同時に、呆気に取られた様子の青狐の首筋を狙って、野々川が落とした小型の鋏を突き出した。

「げえっ」という悲鳴を上げて青狐が尻もちを搗《つ》く。

苛立った声を上げながら、赤狐が体勢を立て直し、ライフル銃を構えて野々川親子へ狙いをつけようとした。だが、すぐに無理と判断したらしく、孔泉へ銃口を向ける。その赤狐に、玖理子は床を蹴って体を伸ばし、思いきりぶつかろうとした。あいにく固まっていた体は思っていたほどには動かず、赤狐はそんな玖理子を難なく避《よ》けて距離を取った。お陰で玖理子は床に膝を突く。

そのとき、孔泉が縛られたまま立ち上がり、輪にした両腕のなかに赤狐の銃を抱え込もうとした。

「逃げろっ、早くっ」

玖理子は孔泉から階段へと向きを変え、無我夢中で走り出した。ほとんど四つん這いになって階段のなかほどまできたところで、他の狐や本条らが駆け寄ってくるのを目にした。

「突入、突入、突入だ」

そう力強く叫ぶ孔泉の声が聞こえた。同時に発砲音が一発、ホールに響き渡った。玖理子は振り返りたい気持ちを懸命に抑え、止まりかけた足を無理に動かし、階段を駆け上がる。

いきなり階上からなにか爆発するような音が響いた。天井が落ちてきたのかと玖理子は反射的に手を頭に翳《かざ》す。次に、階下からガラスの割れる音がし、突然、ぱんという破裂音がした。戸惑いながらも目を上げると、二階の左手にあるカフェからなにかが投げ込まれるのが見えた。それはそのまま階下へと落ちていった。光がさく裂した。

狐らの叫び声がした。煙がどこからか噴出し、充満し始める。玖理子は激しく咳《せ》き込み、刺すような目の痛みに思わず瞼《まぶた》を閉じ、その場にうずくまって掌で口を覆う。孔泉の指示通り、必死に右手を振った。

ふいに誰かにその手を握られた。慌てて振り払おうと暴れかけたら、野太い声で、警察です、と耳元に囁かれた。

玖理子の全身から力が抜けた。

「孔泉さんは、孔泉さんは」そう口にしたつもりだったが、うまく喋れていなかった。

激しい銃声がした。走り回る足音。飛び交う声。

「動くな、動けば撃つ」

「床にうつ伏せになれ。両手は伸ばしておけ」

隊員の声に交じって、「ちくしょうっ」と叫ぶ声が聞こえた。あれは赤狐の声か。

「孔泉さんは？」

その問いの答えは階下の叫びでわかった。

「部長っ、榎木部長っ。おい、担架だ。早くしろ、救急車を回せっ」

玖理子はその声を聞いて、「ああ」と思わず顔を覆い、座り込みそうになる。いきなり肩を摑まれ、体を起こされると顔をマスクで覆った機動隊服の隊員に次々と囲まれ、空気ボンベとゴーグルを渡された。両脇を支えられながら玖理子は階段を下りた。

「副知事、足下が危険なので失礼ながら抱えさせてもらいます」

そういわれたと思ったら、ふいに体が浮いた。隊員の肩に乗せられ、玖理子は揺れでボンベを落とさないよう両手で握り、後ろ向きのまま周囲を見回す。煙を通してガラスの破片らしいものが床に煌《きら》めき、赤い血のようなものまで見えた。粉々に壊された美術館の玄関を隊員がまたぐようにして外に出る。

強い光が広場を隈なく照らし出していた。投光器の灯りで、真昼のような明るさだ。ただ蠢《うごめ》く人間が光に縁取られ、黒い姿となって浮かび上がるのが現実のように思えなかった。

玖理子は光に包まれた芝生の上に下ろされ、ボンベを外す。咳は止まらず、涙を拭いながら辺りを見回すと、一台の救急車に大勢の人が集まっているのが目に入った。立ち上がってよろよろと歩み寄り、玖理子はバックドアに群がる背のあいだをかい潜《くぐ》って顔を突き出す。

榎木孔泉は救急車の寝台に横たえられ、口に呼吸器を装着されていた。顔はもう透き通っているといっていいほど血の気がない。白いシャツが真っ赤に染まっていて、身動きひとつしない。

それでも目が開いているのがわかって、生きている、と思わず玖理子は叫んでいた。

孔泉が手を動かし、呼吸器を外しながら、側にいる白髪交じりで黒縁眼鏡をかけた五十代くらいの男に、なにか必死で訴えようとしている。救急隊員が首を振り、呼吸器を装着させようとする。

眼鏡の男は何度も小さく頷きながら、孔泉の耳元に大きな声で告げる。

「はい、部長。椙江の部隊は戻しています。為末公安課長も現着して収拾に当たっています。大丈夫です、走行は無事に完了しています」

安心してください、と黒縁眼鏡がいうなり、孔泉が手を呼吸器から外し、力なく脇に置いた。救急隊員が改めて装着し、機器の数値を確かめる。

眼鏡の男が降りてバックドアが閉まると、救急車はサイレンを鳴らして走り出した。

「副知事、副知事」

県庁の職員が駆け寄ってくる。玖理子は、ガスのせいで涙が止まらない両目を手の甲で何度も拭う。隣に、身動きもせず救急車を見送る青年がいるのに気づいた。白いワイシャツは首から背中一面汗じみてネクタイも髪も乱れ、赤い目で大きな音を立てて洟をすすっている。

「あなた、コホッ、警官？　孔泉さんの部下？」

「あ、はい。志倉といいます。副知事、お怪我はありませんか」

「さっきいっていた槌江ってなんのこと？」

　周囲から安否を問う声がうるさいほど聞こえるが、それよりも玖理子は気になったのだ。孔泉は、大怪我を負いながらもなにを訴えようとしたのか。なにか大事なことを見落としかけたのだろうか。あのとき孔泉は、考え違いをしていたかもしれない、といった。

　志倉と名乗った青年はまだ幼さの残る顔で、玖理子を見つめ、小さく微笑んだ。

「元県庁職員であった本条と仲間である過激派一味は最初から、槌江町にまたがる高架有料道路を午後六時十五分前後に通過する予定の、外国の要人とその家族及び国会議員の車両を襲撃するつもりでした。高架道路に爆弾を仕掛けていたところ、つい先ほどテロ一味全員の逮捕、爆弾の撤去、走行の安全確認完了、との一報を受けたところです」

「な」といったきり、玖理子は声も力も失い、その場に倒れ込みそうになる。志倉を始めとする周囲の人間が慌てて抱きとめた。

「副知事も早く病院で手当てを受けてください」

さすがに歩く気力もなく、志倉と機動隊員によって救急車の方へと連れて行かれる。別の一台のバックドアが開いたなかに野々川が頭を抱えて座り込んで手当てを受けているのが見えた。それを取り囲む刑事らしい人間の姿もある。野々川の隣には凜が立っていて、玖理子を見つけて大きな笑顔を見せる。腰の辺りで小さく手を振った。凜は無事で、怪我もなかったようだ。

玖理子も手を振り返し、引きつった唇を動かして笑顔を作った。

『フェリーチェパーク』のなかは騒然としている。

救急車の後部に腰掛け、玖理子は渡されたペットボトルのキャップを開けた。マスコミのものらしいライトとカメラフラッシュが煌めく。黒雲に覆われているせいか真夜中のような気配だ。腕時計を見れば、午後六時四十五分になろうとしていた。

多くの野次馬も見え、赤灯が回転しながらステージライトのようにあちこちに光を放ち続けている。体格のいい機動隊員や警察官、県庁職員が走り回ったお陰で、緑の芝生がすっかりへたれているように見えた。

玖理子は顔を上げて目の前の建物を見つめた。

贅《ぜい》を尽くし、名のある建築家に造ってもらった県立新生美術館。公孫樹の葉を模した扇形で自然と一体化するように新しく生まれた建物。そこに収蔵される美術品の数々。赤灯やマスコミのフラッシュを浴びて、それでもなお屹立《きつりつ》する芸術の賜物《たまもの》。県民の癒しとなり、文化教育の要となる筈だった。

それはただの幻だったのか。玖理子はストッキングが破れ、裸足同然となったままで芝生を歩き、美術館を見上げた。

可哀《かわい》そうな新生美術館。因果を含められてこの世に現れ、今、その責めを負うように破壊された。

玄関も二階のテラスも地下の搬入口も突入で壊され、エントランスもホールも破片に覆われ、泥に汚れ、壁には銃弾の跡が残る。

なんと哀れな姿か——。

「秦副知事」

聞き慣れた声に、玖理子はゆっくりと顔を向けた。

知事の勝山がにこやかに立っている。大仰なくらいに手を振り回し、玖理子の肩に手を置いた。「いやあ、良かった、良かった。無事でなによりだ。うちの大事な副知事に怪我がなくて本当に良かった」

玖理子は肩に置かれた手を払うと、持っていたペットボトルを勢いよく振り回した。

勝山は頭から水に濡れ、静止したまま呆然と玖理子を見つめる。周りにいる職員らは、きょとんとした顔つきで立ち尽くす。

遠くで雷鳴が聞こえた。見上げると、雨滴がひと粒、玖理子の額に当たった。

玖理子は近くにいた職員に空のペットボトルを渡すと、素早く救急車に乗り込む。バックドアがゆっくり閉まる。

隙間から、先ほど丁寧に事の次第を教えてくれた志倉という孔泉の部下の顔が見えた。笑っていたようだった。玖理子は軽く肩をすくめ、寝台の上にどんと仰向けに倒れ込んだ。

とにかく眠りたい。もう式典はこりごりだと呟いて目を閉じた。

【翌4月14日（日）・県庁会議室】

事件は一段落を迎えようとしていた。

玖理子は簡単な検査と手当てを受けたあと、すぐに復帰した。翌日は日曜日であったが、県庁の一部は開庁し、事態の収拾に動く。

朝、勝山知事を筆頭に県議長と側近である県職員が集まって会議がもたれた。マスコミは朝から県庁の周囲に屯し、発表を待っている。

玖理子は体のあちこちに絆創膏《ばんそうこう》を貼った姿で、勝山から離れた席に座った。そして夜を徹して職員が作成した被害状況についての資料を忙しなく繰る。

目の下に隈を作った職員が説明しながら、何度も、まだ確定ではなく、これから本格的な調査に当たると繰り返す。

「被害はこれにとどまらず、相当と思われます」

「相当ってどれくらいだ。見込みも出ないのか」

職員に当たっても仕方がないだろうと思いながら、玖理子は勝山の顔を盗み見る。さてこうなった以上、この狸オヤジはどうやってこの事態を潜り抜けるつもりか。

昨夜、玖理子は病院で手当てを受けているとき、スマホを届けにきてくれた刑事を捉まえて、突入までの様子を訊いた。

孔泉が人質となったときから、ホールで交わされた会話が、警察の指揮車に筒抜けになっていたと教えられ、驚きながらもなるほどと思った。どうやら孔泉は投降する際、繋がったままのスマホを階段手すりの親柱の陰に潜ませたらしい。

ホールは吹き抜けで、天井が高くて広い。声が反響して大きくなるから、スマホでもなんとか聞き取れたのだろう。孔泉が声を張って、犯人の数や人質の状況を口にしていたことに今さらながら思い至る。

しかも全て録音されていた。そのことを知った玖理子は観念するしかないと思った。たとえ、知事や県議長の策謀に直接加担していなかったとはいえ、知っていながら見て見ぬ振りをしたのだ。いい逃れはできない。

消毒の臭いのする処置室の寝台に腰掛け、白い壁を眺めながら玖理子は父を思った。県民のために力を尽くした人の背を見て育ち、父の言葉がずっと耳に残っていた。だから離婚したあと、空虚な心になにが足らないのか改めて考え、気づいて、本来進むべき道を見つけて踏み出したのだ。政治の世界に足を踏み入れ、いつかは県政に携われる人間になりたいと願った。そんな娘を父はきっと喜んでくれただろう。死んだあともずっと玖理子を見守ってくれると信じた。だから頑張った。それなのに――。

悔しさに歯嚙みしているとき、ノックがしてスライドドアが開き、勝山が顔を見せた。玖理子によって汚されたからか、雨で濡れたからか、ポロシャツにチノパンツという格好に着替えていた。秘書も職員も連れず、人目を避けるようにして近づいてくるのを見て、玖理子はスマホを枕の下に押し込んだ。

勝山は座っている玖理子を見下ろし、顔や手にある絆創膏に視線をやりながらもなにもいわず、深い息を吐いた。

「例の話を警察が聞いていた」

短く告げるので玖理子も、「そうらしいですね。わたしも今、聞きました」と答える。

「これから太田と話をする。警察の方はなんとかなるだろう」

はあ？　というように玖理子は大きく口を歪めてみせた。今さら、なにをまだ悪あがきするのだと、信じられない気持ちで見つめ返すと、勝山は鬼の形相で唾を飛ばす。

「あんたも無事ではすまないんだぞ。こんなことが公になれば、我々は断罪され、二度と県政に関わることはできない」

「仕方がないでしょう。自業自得です」

「だから、そんな子どもじみたことをいうなといっている。この県を維持し、県民を守ってゆく方法が他にあるのか。以前にも同じことを訊いた筈だ」

玖理子は前歯で唇をぎりぎり嚙む。

「あのときとは状況は変わっています。県庁トップの内緒話ではすまなくなっています」

たとえ太田が受け入れても、榎木孔泉は黙っていないだろう。勝山はそんな玖理子の思惑を察したのか　ゆっくり首を振る。

「県警本部長が口を噤めというんだ。逆らえる者などいない」と嘯《うそぶ》く。

「ですが、犯人はどうでしょう」

「犯人？　狐面のことか」

「そうです。特に、首謀者である元県庁職員本条聡が全てを供述するでしょう」

犯罪者であっても、県庁の不正を口にしたなら、検察はほうっておかないだろう。さすがに知事でも、検察まで取り込むのは難しい筈だ。

「む」と勝山は眉根を寄せる。だが諦め悪く、なんとかなるかもしれないと声のトーンを落とす。「なにせあいつは過激派だ。本当は、海外要人を狙うのが目的だったんだから、県の不正など見せかけの理由、たわごとで通せる」

「まさか」と玖理子は嫌悪を露わにした。

「だから、あんたも腹を決めるんだ。全てを明らかにしたところで、なにひとついいことなどない。県の財政はひっ迫するばかり。県民の暮らしはどんどん追い込まれ、救う手立てを失し、県政は迷走するだろう。そうなれば、いずれなにかしらの形で国と連携を取ることになる。それが今か、この先かだけの違いだ」

「そうかもしれないですが」

「あんたは泥を被ってでも、県を救おうとは思わないのか。綺麗ごとだけでこの県が維持できるのか。そんなに自分が可愛いか」

絆創膏を貼った拳をぶるぶる震わせた。わたしだって考えている。副知事になってから、いや、県議長の娘として育てられていたときからずっと考えてきた。

「なんとか事態は最悪の形だけは免れるようにするつもりだ。あんたもそのつもりでいてくれ」

そういって勝山はドアを開けて出て行った。

玖理子は意識を戻し、改めて書類を繰った。

会議室のドアが開き、総務課の職員が入ってきて太田県警本部長の来庁を知らせた。どうやら勝山が呼びつけたらしい。

「捜査状況の報告を受ける必要があるからな」

そういって勝山は自ら席を立って、入ってきた太田を迎え入れる。

太田県警本部長は短い挨拶をし、玖理子に労《いたわ》りの言葉をかけた。玖理子は小さく、お陰さまでといって頭を下げる。

「榎木部長の具合はいかがですか」

一命を取り留めたことはすぐに聞かされていたが、その後の様子はわからなかった。

太田は大きく頷いた。

「肩に被弾し、大量に出血しましたがすぐに適切な処置を受け、今は小康状態を保っております。意識は混濁しており、話を聞ける状態ではありませんが、回復に向かうだろうと医者は確信しております」

「それは良かった。太田さんも優秀な部下を失わずにすんでなによりだ」勝山がすかさずいえば、太田も満面の笑みを浮かべる。

「はい。人質を全て助け出せたのは榎木部長のお陰です。退院したころを見計らってその功労を称《たた》えるつもりです」

「それはいい。ぜひ、うちからもなにか褒賞を出しましょう。なあ」と県議長や職員に向けて明るい声を上げる。県議長が小さく拍手するのを見て、玖理子は眉間の皺を深くした。なんだこれは、ヘタな芝居を見せられているような気持ち悪さが湧く。そして次に太田が告げた言葉を聞いて、玖理子は絶句する。

「ただ、警備部長が長期の入院でその職務が果たせないのは差し障りがありますので、早急に警察庁と話し合い、特別人事の異動をお願いするつもりです」

「ほお、新しい警備部長が赴任されるということですか」と勝山が顎をさすりながら、太田と視線を交わす。

それは良かったと頷き合うのを見て、玖理子は体の力が抜けそうになるが、いやまだだと踏ん張る。

「それで捜査の方はいかがですか」

県議長が尋ねるのに、太田はようやく用件に入る。

「本条聡を首謀者、そして赤狐と呼ばれていた赤い狐面の男、氏名は相良有慶《さがらゆうけい》二十七歳をリーダーとする、県立新生美術館占拠犯八名は全員、逮捕。明日、送検する予定です。概ね、素直に供述しており、訴追に関しては問題ないでしょう」

「なるほど。それで動機についてはどのようにいっていますか」

重ねて県議長が尋ねる。勝山に安心しろといわれただろうが、気になっているのだ。

「はい。まず、赤狐こと相良、そして他五名については美術館に立てこもって金品を奪うこと、そして派手な事件を起こして世間を騒がせることが目的といっており、全員それについては一致した供述をしています。野々川秀平のみは、佐伯子風に対する怨恨から、行動を共にしたとのことです」

赤狐らは本条及び過激派の同志によって、ＳＮＳを通じて寄せ集められた集団だったと判明している。そのためお互いの氏名も素性も知らず、名を呼ぶ代わりに色分けした狐面を被ることで認識し合っていたらしい。

「本条聡は、県庁職員時代に過激派グループと接触し、親しくしていたメンバーが逮捕されて以降はいっそう連中の思想に傾倒していったようです。自分を追い出した上司や県庁への恨み、そして強国のいいなりになる日本国家に活を入れるという目的で、海外要人を攻撃するという過激派グループのために策動したと供述しています」

県警警備部と刑事部によって、高架道路下に仕掛けた爆弾を発見、仕掛けたグループのメンバー総勢五名を全員逮捕した。アジトとなった県内の某所も既に捜索に入っているという。

「ですので、美術館占拠の一味のうち本条聡のみは改めてテロ等準備罪、爆発物取締罰則などで追送検という形になります」

県議長は訝《いぶか》しそうに、それで、と問う。太田は軽く頷いて言葉を続ける。

「なお、本条の動機のひとつである県庁の不正については、どうやら明確に把握していたわけではなく、財政課にいることから知り得た予算編成などを見て、勝手に類推し、妄想したに過ぎないと思われます」

「なんですって」

玖理子は跳ねるように立ち上がった。手にしていた資料やモバイル機器が音を立てて床に落ちる。だが、勝山も県議長も、そして太田もなにごともなかったかのように、資料を捲りながら頷きを繰り返していた。

【一週間後の4月21日（日）午後・県内の病院】

スライドドアがノックされたのを聞いて、悠真は椅子から立ち上がった。

日曜日だから外来はなく、院内は当直医と当直看護師、そして入院患者と見舞客の姿だけが見える。リノリウムの床をひたひたと歩く足音すら聞こえるほど静かだ。ベッドでは昼食を終えた孔泉が、午睡に入ったところだった。

晴天で、午後の暖かな日差しが窓越しに病室に降り注いでいる。

誰かが来院するとは聞いていなかったので、悠真は用心して、返事もせずにいきなりドアを横に引いた。視線を下ろすと額に絆創膏を貼った女性が、驚いた目で見上げる顔があった。

「失礼しました。秦副知事でしたか」

玖理子が悠真の顔をしげしげと眺めて、「ああ、えっと、志倉さんだったかしら」という。

悠真は、「はい」と返事しながら体を引いて入るよう促す。玖理子はすたすたと入ってくる。今日は公休なのだろう、レモンイエローのシャツに紺色のパンツを合わせ、手に有名などら焼き店の紙袋を持っている。

「どうぞ」と玖理子が差し出す。悠真が申し訳なさそうな表情を作り、「あいにく部長はまだこういったものは」といいかけると、せっかちな口調で遮られる。

「あなた達によ、いつも誰かが側にいるだろうから。今日は院内のカフェとかは閉まっているでしょ。甘いものがいいかと思ったの」

悠真は両手で受け取りながら礼をいう。

「眠っているの？」

「はい。昼食を終えるとだいたい、少し休んでいます」

「そう。順調なんでしょ」

「お陰さまで。来週には起き上がれるだろうということです」

「話はできるの？」

「短い時間でしたら。副知事、なにか部長にお話でもありましたか。起こしましょうか」

玖理子は叱られた子どものように、こくんと顔を俯け、「ううん、いいの」と答えた。

その顔を見て、悠真は少し前に警備部内で周知された話を思い出す。

太田本部長から、指揮車内で聞いたことは口外するなと厳命された。

元々、警備部は同僚の警察官にさえ秘密にして行動する部署だから、珍しい話ではない。だがしかし、さすがに今回のことは、知事や県庁の不正に目を瞑るということになるから、立川も珍しく顔色を変えた。とはいえ、組織は縦割り社会で階級がものをいう。上に逆らうのなら、それなりの覚悟が必要だ。また、事案は県庁内のことで県政に関わる話だ。検察にでも頼らない限り、悠真達がどうこうできる話でもない。消化不良のまま、それ以来、県庁の話題は部内で口にされることはなくなった。

孔泉の眠る顔を見て、部長ならどうしただろうと考えないでもない。孔泉はキャリアで警察庁に属する身だ。地方自治体に逆らえない悠真ら地方公務員とは違う立場でものをいえるのではないかと思う。

そんなことを先輩警備課員にいったら、いいたくてもこの状態ではいえないだろう、といわれた。それに同じキャリアである太田が決めたことに、後輩がたてつくわけにもいかない。

悠真は、事件のあと処理をしながら、暇を見て孔泉を見舞っている。自分でもなにを期待しているのかわからないが、自然と足が向いてしまうのだ。そんな悠真に立川は気づいているが、なにもいわない。

「ねえ、訊きたいんだけど」

話しかけられて、悠真は慌てて玖理子に目を向ける。パイプ椅子を広げて差し出すと、玖理子はベッドの脇に置いて足を組んで座った。そして孔泉の寝顔をちらりと見、その枕元にピンク色の生地のお守りがあるのを目に留めたが、尋ねることはしなかった。

「なんでしょう、副知事」と悠真は問う。

「スマホを通して、ホールでの会話を聞いていたことはわかった。だけど、本条の真意が別のところにあるのはどうして知ったの？　わたしはその場にいたけれど、気づかなかった」

悠真は紙袋をテーブルに置いて、立ったまま答える。

「立川課長が違和感をもたれたのです」

「立川……ああ、あなたの上司で警備課長でしたっけ？」

「はい」

本条が過激派と接触があったと聞かされ、指揮車内は騒然とした。すぐに為末が動き、悠真は立川に命じられてそのときの資料を集めた。

指名手配犯が逮捕された事件は公安部においても記憶に新しい。為末も、店に出入りしていた客を聴取したことまで覚えていた。ほとんどは所轄の警備課が行ったのだが、その結果報告や調書は本部の公安課が手元に置いている。本条聡については手配犯との関係は立証されず、ただの参考人で処理は終わっていた。

「それがきっかけとなり、立川課長や為末課長は別の視点から本条を探り始めました」

「なるほど。さすがは警備部ね。それで？」

「次に課長が気にしたのは、副知事とのやり取りでした」

「わたしとの？」

あのとき玖理子の、

『指名手配犯が警察に捕まったことで、本条さんも仲間ではないかという疑いが持ち上がった。課長が問い質したけど、あなたは、そんなグループとは関係ないといったそうね』

という問いに、本条はこう答えた。

『ああ、そうだよ。そのとき……本当に関係なんかなかった。指名手配犯と顔を合わせたことはあったが、口を利いたこともなかった』

あとで立川から教えてもらったのは、『そのとき』といいかけた言葉が引っかかったということだった。

つまり、そのとき、のあとになにがきたのか。なぜ、それを呑み込んだのか。

「立川課長はこう推測されました。恐らく本条は、『そのときは、関係なかった』と。そしてそれに続く言葉は、『だが、そのあと親しくなった』だろうと」

「なるほどね。そういわれれば、確かにおかしかった。本条は口を滑らせたのね」

「はい。実はその前」と悠真は少し躊躇う。警察官としてこんなことをいうのはおかしい気がしたのだが、玖理子がじっと待っているのを見て口にした。

「人質になる前に入った連絡で、榎木部長は、槌江に配置した部隊を動かすことを気にされました」

玖理子は瞬きせずにじっと悠真を見ている。

「なんの根拠もなく、ただ単に口にされただけかとわたしなんかは思ったのですが、立川課長はなぜか気に留められた。ご自身も槌江が手薄になることを懸念されていたので、そのせいかとも思います。ですがなにかを疑う根拠は微塵もありませんでした。それでも立川課長は僅かに湧いた違和感を無視することなく、槌江からこちらに向かっていた部隊を足止めされ、その場で待機するよう命じられました。その後、為末公安課長に槌江に向かうよう指示され、部隊も戻された」

「だからあなた方は爆発を防ぎ、一味の確保に動けた」

「はい。ただの幸運な偶然だった、と課長はいわれましたが」

ふうん、といって玖理子がベッドへ視線を向けた。

「孔泉さんも、気づいていたのね」

悠真も、白い顔のあちこちに痛々しい青あざを散らした孔泉を見、「はい」と返事する。

「本条には、十億であれ二十億であれ金を奪う意思はなく、ドローン爆弾や仲間が迎えにくるなどもっともらしい話を声高にしていたけど、最初から美術館を脱出する気はなかった。そのことはわかっていたけど、その理由がわたしの思っていたのと違っていた」

悠真は黙って見つめたが、玖理子は知事や県庁の不正については語らなかった。ただ、「本条の役目は、機動隊や警察を槌江から遠い鈴岡市に集めることだった。そのための美術館占拠なのね」というにとどめた。

悠真も笑みで答えるだけにする。調べの段階で、全てが明らかになった。

孔泉は野々川から、式典の日にちを変更したことを知らされた。なぜ、今日なのか。加えて本条は、外部から知らされたらしく機動隊が全部こちらに集まっていると口にした。槌江から機動隊がいなくなったということまで知っていたのはなぜか。

それらから孔泉は企《たくら》みの本当の目的を推測したのだ。

悠真は、あの状況でそこまで把握した孔泉の能力の高さを改めて感じた。そして孔泉は命が危ぶまれる怪我を負いながらも、懸命にそのことを立川に伝えようとした。多くの警備課員、公安課員、そして刑事部員もそんな孔泉の姿に胸を詰まらせただろう。悠真は思わず涙ぐんでしまい、その姿を玖理子に見られたのは不覚であった。

玖理子が両手で軽く膝を打って勢いよく立ち上がる。

「帰るわ」と告げるので、悠真がドアを開けようと歩き出したとき、なにか聞こえた。

はっとしてベッドを振り返る。

孔泉が目を開けてこちらを見ていた。

「部長」

悠真が呼びかけると、耳にした玖理子も振り返り、一歩ベッドに近づいた。

孔泉が掠れた声で、「わざわざどうも、副知事」といった。

玖理子は小さく何度も頷き、「またお元気になられたら伺うわ。お大事に。それと」といって背筋を伸ばして頭を下げた。「助けてくれてありがとう」

孔泉が不思議そうな表情を浮かべ、「礼は不要です。警察官ですから」と愛想のない返事をする。悠真は苦笑するが、玖理子は小さく肩をすくめただけだった。

玖理子が踵を返すと、孔泉はその後ろ姿に向かって問うた。

「副知事ならどうしますか」

玖理子の背が微かに揺れた気がした。けれど振り返ることなく、スライドドアを引いて出て行くのを悠真は黙って見送った。

【翌4月22日（月）午前10時・県庁内副知事執務室】


玖理子は執務室にあるテレビのスイッチを切った。

朝からニュースやワイドショーで、佐伯子風の話題が持ちきりとなっている。

なにせ東京国立美術館が収蔵する子風作の『藍塩釉花瓶』が盗作だと判明したのだ。改めて小谷野沙風の人となりや経歴が披露され、弟子や弟子と自称する連中が次々とコメントを述べる。同時に、沙風の孫である野々川秀平が美術館占拠の一味であること、それが子風の盗作を暴くためにしたのだということが、まるでドラマかなにかのように哀切な口調で語られた。

ワイドショーのコメンテーターは、今後、花瓶がどのように扱われるのか、子風が文化勲章を返還するのか、滔々と語り、日々、マスコミやネットは盛り上がる。

「文化勲章の辞退って聞いたことあるけど、返還ってあるのかしら」

玖理子はそう独りごちて、未決済の書類箱に手を伸ばした。

そのときノックの音がして、応じると秘書課の年配の男性が妙な顔つきで入ってきた。

「すみません、副知事。今、庁舎の玄関に面会したいという人がきまして」

は？　という風に目を開くが、秘書はすぐに、「副知事とは浅からぬご縁のある方なので、お断りする前にお伺いした方がよろしいかと思いました」といやに格式ばったものいいをする。

「誰ですか」

「はい。野々川凜さんとおっしゃる小学生の女児です」

「通して」

「わかりました」


玖理子は嬉しさと案じる気持ちが入り混じった心持ちで執務室をうろうろした。

ノックがして、野々川凜が姿を現すと、なぜか目頭がじわりと熱を帯びるのを感じた。すぐには口が利けず、よろよろと近づいて両手を伸ばす。

凜は明るい目をしていた。そして大きな微笑みと共に玖理子の手を握ると、「玖理子さん」といった。

「凜ちゃん、良かった。元気そうで。ごめんね、気になっていたくせにちっとも会いに行かなくて」

凜はふるふると首を振る。「玖理子さんが大変なのは知っているから」と大人びた口

れることがあればいいって」
「さあ、座って。今、どうしているの。大変なのはあなたの方でしょう。なにか力にな
調で庇われる。こいつめ、と思いながらも、なぜか涙が滲みそうになる。

ソファの真ん中に座らせて、玖理子は隣に腰掛ける。

野々川秀平は検事調べを受け、今は拘置所で公判請求をされるのを待っている。自宅はマスコミに取り囲まれ、テレビやネットで事件の報道は続いているから、凜は小学校に通うこともできないのではないか。親戚の家に身を隠すように暮らしていると聞く。

秘書課の女性が入ってきて、冷たいジュースと玖理子にコーヒーを置いた。

凜はひと口、ストローでジュースを飲み、真っすぐ玖理子の目を見つめた。

「あたし、なんとか踏ん張る。大丈夫だって今はまだちゃんといえないけど。学校にも行けてないけど。でも、なんとか踏ん張る」

「そ、そっか。凜ちゃん、今はどこにいるの。親戚のお家《うち》だったよね」

「うん。今は叔母さん、お母さんの妹さんのところにいるの。従姉妹《いとこ》が味方になってくれるから、そのうち学校にも行けるかもしれない」

「そうか。良かった。体には気をつけるのよ」

「お父さんも、会うといっつもそればかりいう。お父さんの方が具合悪そうなのに」

玖理子は言葉に詰まる。凜が濃い眉をひょうきんに上げると、ポケットからピンクの

お守りを取り出し、「だからこれを渡したの。お父さんが体を壊しませんようにって」と見せてくれた。

どこかで見たことのあるお守りだと思った。思い出そうとしていると凜が立ち上がって、窓際に歩いて行く。目で追っていると、凜がふいに振り返った。

玖理子の目を真っすぐ見つめる。

「玖理子さん、お父さんは罪に服します。他の悪い人達もみんな捕まって、全員、裁判を受ける。そうでしょう？」

「え、ええ。そうね」

「玖理子さん達は？」

かくんと自分の顎が外れる音が聞こえた気がした。もちろん、そんなことはなかったが、玖理子は慌てて開けっ放しの口を閉じる。

「な、なに。いきなり」

「SNSとかでいっているよ。あたし達の県で一番偉い人が、あたし達のためにならないことをしようとしていたって。玖理子さんは違うよね」

「なにがいいたいの、凜ちゃん」

「玖理子さんなら全てを知っていて、全てを明らかにできるって教えてくれた人がいる」

あ、と頭のなかで記憶が弾けて、ピンクのお守りをどこで見たのか思い出した。眉を思いきり寄せて、口のなかで罵倒する。榎木孔泉め。出来の悪いアスパラ警視正め。退院したならただではおかない。

孔泉とて、玖理子一人がなにをいったところで、あの知事を追いつめられないとわかっているのではないか。それなのに、凜を使って断罪を迫ろうとするのはどういうわけだ。

「玖理子さん」

凜がなにかをいいかける前に蓋をした。

「凜ちゃん、あの孔泉さんがなにをいったか知らないけれど、大人達のすること考えることには様々な見方があるし、受け取り方もある。彼のいった方法が常に正しいとは限らない」

「ううん、孔泉さんの意見じゃないの。あたしが考えたの」

「え？」

「テレビもラジオも新聞もネットも、いったいどれが正しいかなんてわかんない。でもあたしはここでお父さんが帰ってくるのを待っている。それだけは間違いないことなんだ」

「そうね」

「たとえ一人になっても、この県に住んで、学校に行って、買い物したり、時どき友達と遊びに行ったり、叔母さんや大人に助けてもらいながら、それでもここで暮らしてゆく」

玖理子はスマホをテーブルの上に置いて、膝の上で拳を作る。

「だから、だからね。そんなあたしの住む場所がいいところであって欲しいと思ってる。お父さんが帰ってきたら、またここで暮らし続けたいと思う、そんなところにしていて欲しい。玖理子さん」

「………」

「玖理子さんならそれができるんじゃないの？　孔泉さんは、あたしの話を聞いて、玖理子さんに相談しなさいといった。全てを明らかにできる人だって教えてくれた」

あのアスパラめ。玖理子は再び口のなかで呟く。だが、先ほどのような憎々しさはなかった。

「凛ちゃん、わかった」そういって玖理子は立ち上がる。「副知事として、この県のためになるよう力を尽くすわ」

「本当？」

「ええ」とにっこり微笑む。

だが、さすがに五年生ともなると、上っ面の笑顔などすぐにわかるらしい。険しい顔をして、ちゃんと約束して、と詰め寄る。

「この建物のなかにいる悪い人をみんな追い出して。ちゃんとして」

「凛ちゃん、大人の世界はそう簡単には」

「約束したよね」

「はい？」

「玖理子さん、あたしにいったよね。なんでもするって」

「え、なんの話？」

「新生美術館二階のシアタースペースの奥にある、備品を置く小さな倉庫で。あたし、玖理子さん達を助けてあげたよね。その代わり、玖理子さんはなんでもしてあげるっていった。副知事だから、県で二番目に偉い人間だからなんでもできるって」

あっ、あー、と声を上げた。

一瞬にして、薄暗い小さな空間が眼前に現れる。すぐ側まで犯人達が迫っていた。パイプ椅子やパネルなどが詰め込まれた狭い備品置き場。上には小窓がひとつだけ。大人が二人やっと入れそうな隙間に、凛は怯えながらうずくまっていた。

あのとき玖理子が口にした言葉をきれぎれながら思い出す。

『わたし達を匿ってくれたらなんでもしてあげる。なんでもあげるから。嘘じゃない、わ、わたしは副知事よ。うちの県では二番目に偉いから、大概のことはできるわよ』

大概のことはといった――。玖理子はテーブルの上に置いたスマホを見つめる。

あの事件の夜、病院の処置室で勝山と二人きりでした話を、密かにスマホで録音していた。これをどうするか、ずい分考えたけれど、結局、玖理子は答えを出せないまま、消去することもできずにいた。

玖理子の横顔に凜の大人びた声が投げられる。

「あのときの約束を果たしてください、秦玖理子副知事」

【5月某日・県警本部】

「意外でしたね」

悠真は手の空いている先輩を相手に話しかける。

「あの暴露会見か」

離れた席から別の声が加わる。みな気にはなっていたのだ。

「確かにな。よもや副知事が口を割るとは思わなかった」

「しかも片手に辞職願を握っての相打ち覚悟の意気込みだったもんなぁ」

会見で、秦玖理子はスマホに録音した勝山とのやり取りの一部を公開した。詳しい事柄こそ言明していなかったが、なにかを隠蔽し、県民のためといいながら県民の意に反したことを行っていることだけは明確に伝わった。

その後、検察、警察が動き、議会が追及する構えをみせた。その結果、勝山知事が不当に予算を高く見積もり、差額を費消していたこと、その一部が私的なものに流用されていたことが判明し、取り調べを受けることになった。

解職請求がなされる前に知事、副知事、県議長は揃って辞職し、県政は変革を余儀なくされ、新たな指導者を求めることとなった。間もなく、選挙が行われる。

悠真はパソコンの画面を閉じながら、苦笑をこぼした。

最近、秦玖理子を推す声が高まっているらしい。知っていて口を噤んでいたとはいえ、結局、知事や県議長の不正を告発し、自ら辞することで身の潔白を明かした。

そんな玖理子を新しい県の首長に立てようという動きがあると耳にした。永く続いた保守政権が道を譲るときを迎えたということだろうか。

玖理子はそれを果たして受けるのだろうか。こうなることを予測しての、暴露会見だったのだろうか。悠真も興味の尽きないところだ。

「志倉、行くぞ」

「はい」席を立って上着を手にした。

立川と為末が喋りながら部屋を出るのを見て、そのあとに続いた。

「花でも用意した方が良かったですかね」

悠真がいうと先輩は肩をすくめる。

「部長は、いや元部長はそういうの興味ないだろう。歩けるようになったら、もう見舞もこなくていいっていわれたくらいだしな」

「そうですね」

前を行く立川が唐突に振り返った。

「でもないぞ。ああ見えて、人に構われるのを喜んでいる節がある」

「え、そうなんですか」

悠真は意外な気がして、口をへぇという風に開けた。為末もいう。

「このあいだ立川と二人で見舞に行ったとき、病院の中庭で、あの野々川凜って子にパジャマの汚れを落としてもらっていたぞ。叱られているようだったのに、嬉しそうに謝っていた。なあ？」

立川が笑いながら頷く。

「嬉しそうに？」

悠真が戸惑いを滲ませていると、総務部の職員が廊下に顔を出して声をかけた。

「今、本部長室での退任のご挨拶を終えて玄関に向かわれましたよ」

早く行った方がいいというのを聞いて、一同、慌てて階段に向かう。

県警本部の玄関前に黒い車が一台つけられている。運転担当の職員が後部座席のドアを開けて待っていた。それに向かって一歩一歩慎重に歩く後ろ姿があった。

思わず声が出た。

「部長」

次々に声がかかる。立川も為末も、部長、といいながら残りの階段を駆け下りた。警備部の全ての職員が大きな声で呼びかけ、庁内いっぱいに足音を轟かせたため、近くにいた職員が立ち止まって目を向ける。運転担当が目を瞬かせる。

そして孔泉が振り返った。

細い目が大きく開き、白い頬が赤らんでいくのを目にして、悠真はいっそう声を張った。

「榎木警備部長っ」

集英社文庫

流《る》　警《けい》 新生《しんせい》美《び》術館《じゅつかん》ジャック

2024年 9 月25日　第 1 刷　　定価はカバーに表示してあります。

著　者　松嶋《まつしま》智《ち》左《さ》

発行者　樋口尚也

発行所　株式会社 集英社
東京都千代田区一ツ橋2-5-10　〒101-8050
電話　【編集部】03-3230-6095
【読者係】03-3230-6080
【販売部】03-3230-6393（書店専用）

印　刷　TOPPAN株式会社

製　本　TOPPAN株式会社

フォーマットデザイン　アリヤマデザインストア　　マークデザイン　居山浩二

ISBN978-4-08-744695-1 C0193